COLLANA

MINIMALIA

114

BLACKAOS

LA RACCOLTA DELLA LAVATRICE DEL PANICO

G. C. L.
Edizioni

Prima edizione: dicembre 2024

BLACKAOS
LA RACCOLTA DELLA LAVATRICE DEL PANICO
ISBN 979-12-5706-016-9

Via Piave 49 – 74026 Pulsano (Ta)
www.g-c-l-edizioni.business.site
e-mail: g.c.l.edizioni@gmail.com

Nota dell'autore

L'autore non ha proprio idea di come descrivere i racconti che il lettore sta per leggere! Sono storie nate dal profondo del suo animo, crude quanto basta per raggelare il sangue, parola dopo parola. È veleno allo stato puro, che entra in circolo così lentamente che, quando ce ne si rende conto, è troppo tardi! Come un ago che perfora il cuore, con grida così lancinanti da coprire il dolore! Veri e propri mostri, non creature marine o altro, ma quelli che si nascondono dentro di noi e che non mostriamo a nessuno.

Quelli che affrontiamo solo quando siamo con le spalle al muro e non abbiamo via di fuga!

OLTRE ME

Prologo

Anno '800.

I rumori delle ruote dei carri, e del galoppare dei cavalli.

L'odore del pesce fresco accompagnato dalle grida dei mercatari, ma quest'epoca apparentemente fiabesca e tranquilla, ha pure lati negativi e bui come i pregiudizi verso il gentil sesso. Quest'ultimo che ha più doveri che diritti, cosa che non va giù a Matilde, una donna vista male solo perché si ribella tutto ciò! E proprio in questo momento sta subendo il castigo della gogna, una pratica che consiste nell'essere immobilizzati su un patibolo in piazza, mentre il popolo getta contro frutta marcia e letame.

Ad un tratto un uomo con un fisico robusto ed i capelli rasati, si fa spazio tra la folla con il suo cavallo nero, un vero stallone purosangue.

Si avvicina alla malcapitata ed estrae la spada per allontanare il pubblico poi gli pulisce il viso e la libera, la fa salire in groppa e la porta via di lì. Un gesto che non passa inosservato alle guardie del re, queste che danno l'allarme mentre i due fuggitivi vanno più veloci che possono.

La donna mentre si tiene dice al suo salvatore: "Comunque mi chiamo Matilde".

L'uomo risponde: "Io mi chiamo Ruggero e già ti conosco, sai ti vedo spesso che sei nei guai ma mai fino a questo punto".

In tono serio, mentre guarda la strada di fronte a lui, e il vento gli accarezza il volto.

MATILDE: "Guarda che se loro sono tonti e stupidi, io non ci posso fare nulla! Mi vorrebbero sposata e sottomessa, ma io non sono come quelle donnine".

Ruggero gli dedica uno sguardo e fa un sorriso, poi dice: "Dobbiamo fermarci un po', il cavallo è stanco".

Terminata quella pausa, un attimo prima di rimettersi in viaggio, odono delle grida dei soldati in lontananza.

Ricomincia la fuga!

Questa volta non possono fermarsi, devono riuscire a trovare un luogo sicuro per nascondersi. Sanno che sono vicini alla scogliera e se li prendono, gli daranno la pena di morte. Eccoli al limite e scendono da cavallo, mentre i soldati si avvicinano per accerchiarli. I due anche se si conoscono ora di persona, si prendono per mano e dopo uno sguardo di intesa, si lasciano cadere nel vuoto. Finiscono sugli scogli sottostanti, spegnendo le loro vite all'urto ed i corpi sprofondano in quella massa d'acqua...

XXI secolo

Con tutte quelle case colorate, quasi come se ti sorridono e ti invitano a mettere piede su quell'isola. Così bella che pare emersa con la forza di mille creature marine!

Lontana dal caos e dallo stress, ti trasmette pace e tranquillità che ti fa perdere la cognizione del tempo e dello spazio. Quei luoghi così affascinanti e pieni di misteri che a certi orari del giorno diventano magici, a tal punto che sembrano portali verso un altro mondo.

Quel mare tanto limpido che ti ci puoi specchiare!

Quello stesso mare che in inverno sa essere tempestoso, quasi come se volesse proteggere l'incantevole isola di Procida.

Ecco questo è il posto dove vivo, esattamente abito in una villa situata in mezzo ad un giardino, pieno di alberi di limoni, un frutto tipico del luogo.

La porta d'ingresso è antica come l'edificio, con una mano di ferro come campanello. Una volta all'interno, si trova una cucina enorme e delle scale sulla sinistra, che conducono ad un corridoio con tutte le altre stanze: La prima è quella matrimoniale, la seconda è quella del bambino ed infine l'ultima in fondo è il bagno. Ed ogni una di queste ha delle finestre, altrettanto vecchie.

Bella vero? E pensare che ora è così perché ci hanno fatto i lavori, prima era piena di muffa ed escrementi di ratti. Insomma era messa davvero male!

Loro non sanno che sono qui perché non possono vedermi, ed inoltre non mi sono mai fatto notare per non spaventarli, altrimenti sarebbero scappati fin dall'inizio. Un'auto, eccoli sono tornati!

Sbircio dalle tende, ed è da dire che hanno bei gusti riguardo l'arredamento.

Aprono la porta mentre li osservo da cima alle scale, aspetta ma il loro bambino può vedermi. Adesso sta gattonando le scale per raggiungermi, peccato che posso espormi poco.

Sto per abbracciarlo, con un sorriso è capace di rendere migliori le mie giornate, dato che nella dimensione dove sono fa freddo e ci si annoia.

No! Stanno correndo a prenderlo, per questa volta non avrò nessun abbraccio.

Sta calando la sera e sono tutti seduti a cenare, passo per i fornelli quando accidentalmente urto gli attrezzi da cucina. Oddio mi stanno guardando, per fortuna che gli adulti non possono vedermi, invece il piccolo mi indica solo con il dito. Devo allontanarmi da qui al più presto!

Mi è andata bene, per poco non mi scoprivano, adesso stanno riprendendo a mangiare. Anche se mi osservano con la punta dell'occhio, a proposito vuoi sapere un segreto? Un mio punto debole è questo, infatti se fai attenzione con quest'ultima, puoi vedere la scia della mia energia.

Questo accade perché la mia dimensione e la tua, sono molto più vicine di quanto si crede.

È l'ora di dormire per loro.

Quelli come me non sanno cosa significhi questo termine! Io la notte sono più attivo e posso fare molte più cose, ora te ne mostro qualcuna intanto stai a vedere.

Cammino per il corridoio, facendo strusciare la mia spada sul pavimento, è peggio delle unghie sulla lavagna. Hai presente quella sensazione vero? Ops, mi sa che il papà si è svegliato!

Esce dalla camera, ma io mi nascondo nel buio. Non guardarmi con il broncio, non è che sono inquietante!

Il fatto è che da quando non ho più un corpo, sono solo energia che è in bilico. Inoltre non ho nessun modo gentile per manifestarmi, sono uno spettro rimasto intrappolato qui che cerca di completare qualcosa rimasta in sospeso.

Comunque sia ora è tornato a letto, così rimango a fissarlo e penso che ai miei tempi non esistevano tutte queste comodità, ma almeno ero vivo!

Il giorno dopo

Buongiorno, amico lettore! Sì, lo ammette: questa notte ha esagerato, ma credetegli, ci sono altri come lui che fanno di peggio! Di solito aspetta che le persone escano per lasciarsi andare, come per esempio quella mattina, quando si è divertito a spostare oggetti. Già, non ha detto che è un burlone e ama fare scherzi. Ecco che, mentre spostava la scopa, è entrata la mamma!

Stava gridando, e ora andranno via come hanno fatto tutti gli altri, ma questa volta non lo permetterà! Chiude la porta e lei si agita ancora di più, dovrebbe aver paura dei vivi e non di lui.

Ha un'idea: adesso prova con i pennarelli e le fa trovare la scritta "HELP" sul muro. È troppo tardi. Il papà è riuscito a entrare e cerca di portarla via, ma lui l'afferra per le gambe; ora da qui non esce nessuno! Passano alcune ore e li lascia andare, è inutile trattenerli. Pensate che non si prendono neanche le loro cose, fuggono in fretta e furia. Eccolo di nuovo solo come uno spettro!

Un nuovo involucro

E proprio quando ho accettato il fatto che sono destinato a rimanere l'unico inquilino di questa casa, accade qualcosa di insolito. Una luce viene dall'alto e mi catapulta in un tunnel luminoso, sto viaggiando ad una velocità altissima! Chissà dove sto andando, forse in una nuova dimensione, ma aspetta forse ho capito cosa sta accadendo... finalmente era ora! Wow, ho un corpo nuovo di zecca! Dalle braccine e le gambe, deduco che si tratta quello di una persona, e quel coso tra le gambe mi dice che sono un maschio! Ti sembra strano che mi stupisce avere il corpo di una persona? Devi sapere che può capitare pure il corpo di un'animale, e credimi non è una bella cosa!

Questi due devono essere coloro che mi hanno messo al mondo, sono curioso di vedere com'è vivere in quest' epoca, e soprattutto speriamo che quest'involucro mi duri un po' di più! A proposito, per non annoiarti evito di raccontarti la parte dell'infanzia, e tutto ciò che la riguarda.

Sinceramente ho cambiato così tanti corpi che sono stufo pure io, sai cosa si dice nell'aldilà? Dicono che ci affideranno sempre un corpo, fino a quando non completiamo i compiti terreni.

18 anni dopo

Mi sono pure scordato di dirti che in questa vita, mi chiamo Lorenzo. Ho capelli rasati e la corporatura grossa, nulla a che vedere con il corpo precedente. In questo momento sto andando al mare, ebbene sì! Mi sono reincarnato sempre nello stesso luogo. È proprio questo che mi stupisce, come mai non nasco in un altro posto?! Comunque ora sono quasi sulla spiaggia, sto scendendo i gradini dato che si trova vicino una scogliera, e per giunta mi è pure famigliare. Ma non riesco a capire il motivo esatto!

Prendo il telo mare e lo metto sulla sabbia, quando ad un tratto noto una bionda strafiga. Così bella che il Sole si ritira tra le nuvole, dalla vergogna! Ed il mare si agita, quasi eccitato.

In effetti ha delle curve da paura, quasi da far venire i giramenti di testa! Quegli occhi azzurri, belli a tal punto che manca il fiato quando ti fissa!

Sicuramente non mi caga manco di striscio e quindi torno a prendere il sole, ma sento un casino e quando mi volto, vedo dei ragazzi che la importunano. Cominciano a toccarla tutta e lei comincia a gridare.

Non posso fare a meno di intervenire, così mi avvicino ostentando la mia grossa mole, e gli dico di smetterla. Loro vengono verso di me con aria minacciosa, il resto ve lo lascio immaginare.

Non lo descrivo, solo perché non amo la violenza, dico solo che ne sono uscito con qualche livido e qualcuno di loro con un occhio nero e un dente in meno. Non male per stare da solo vero? Sembro poco agile, ma in compenso ho resistenza e forza!

Chiedo alla bionda come sta e lei dice di stare bene, e mi ringrazia, poi torna sulle sue. Sicuro gli starai dando della stronza, ma non la penso così. Sai quando facciamo un bel gesto, è perché ci fa piacere e non per un torna conto. Ti ricordo che tutto torna, pure le cose belle!

È quasi ora di andare e mentre sto per salire verso la strada, mi ferma e dice di chiamarsi Marta, mi presento anche io. Poi mi invita ad uscire una di queste sere, ed io accetto molto volentieri.

Volevo chiederglielo, ma dopo mi sembrava come se stessi approfittando del fatto che l'ho aiutata!

Finalmente sera

Arriva la sera dell'uscita, io tutto preparato con il preservativo a portata di mano, nel caso occorresse. Sai qui sulla Terra non ci sono solo cose brutte, ci sono anche piccoli piaceri della vita che sanno rendere tutto più a colori! Andiamo al bar e facciamo un aperitivo, prendiamo della vodka, chiacchieriamo del più e del meno e noto che abbiamo in comune molto più di quanto pensavo.

Cosa che non mi aspettavo! Ci alziamo dal tavolino, entro a pagare e mi porta sulla spiaggia. Giunti sulla riva ci spogliamo per il bagno di notte, con la luna che riflette in acqua.

I nostri corpi cominciano a strusciarsi e mischiarsi...

Ecco che ho dei flashback di un uomo ed una donna che cadono da una scogliera.

Blackhole[1]

La selezione

28 febbraio 2022 16:00

Il suono delle dita che pigiano sulle tastiere, accompagnato dal tremolio di gambe agitate al ritmo dei tasti, lo smog che risale da una finestra aperta, un insieme di voci concitate in grado di accrescere l'ansia di quel giorno tanto atteso, speciale per l'approssimarsi di un sorteggio volto a decidere a chi affidare quell'incarico tanto importante. Ma, trovandosi pure all'ultima scrivania, detta anche "la postazione degli ultimi arrivati" le sue possibilità di essere inserito nella lista dei papabili erano infinitamente basse. Quell'ufficio così piccolo in preda al panico gli appare sempre più come un corridoio immenso, un tunnel nel quale il tempo si ferma.

Sovrappensiero, e per allentare la tensione prende a far scattare la penna. All'udire quel fastidioso rumore, i colleghi si voltano verso di lui con sguardo minaccioso ed irritato. Talmente nel panico per quel gesto di nervosismo, ora ha tutti gli occhi addosso e rimane impalato con la penna tra le mani, mentre chiede timidamente scusa.

Ad un tratto si apre la porta dell'ufficio del direttore, quest'ultimo comincia ad avvicinarsi ad ogni singolo dipendente. Ma quando arriva il suo turno, gli poggia le mani sulla scrivania e dice: "Signor Michele, la informo che è stato scelto per l'incarico ed, in merito a ciò, le chiedo di non farmi fare brutte figure".

---

[1] Trama: un viaggio nella mente di uno psicopatico, tra sangue, perversione e vendetta…

Michele con il cuore che batte all'impazzata gli risponde: "Grazie! Non la deluderò!".

DIRETTORE: "Lo spero, perché se lo farà potrà dire addio al suo sogno di diventare un giornalista di fama mondiale".

Michele quasi a sudare freddo replica: "OK!" in tono impaurito.

Il direttore gli dà una pacca sulla spalla, dicendo: "Perfetto, a fine turno la aspetto in ufficio per darle il materiale che le occorre".

A casa

La sera stessa quando torna a casa, sotto la doccia cerca di scrollarsi di dosso tutta quella preoccupazione. Così tanta che non fa caso alla temperatura troppo bassa dell'acqua. Si volta verso la manopola per aumentare la temperatura e quando finisce di lavarsi, tutto quel vapore assorbe tutte le tensioni. Apre le porte della cabina doccia ed esce con cautela per non scivolare, si asciuga e si veste.

Va in cucina, situata vicino al bagno e mette a cuocere un hamburger e le patatine fritte, nella friggitrice ad aria. Nel frattempo si prepara lo zaino con il materiale per il giorno seguente, dato che è una persona molto schematica ed organizzata. È pronta la cena e mentre si gusta quelle croccanti patatine pensa a come iniziare un'intervista con un assassino rinchiuso in un manicomio criminale.

Si volta verso la porta d'ingresso di quell'accogliente monolocale composto da: bagno, cucina e camera da letto. Chiude le mandate come se quel pazzo da intervistare, è già fuori la porta di casa. È ora di andare a letto, lava i piatti e va a coricarsi cercando di prendere sonno.

Benvenuto a Blackhole

1 marzo 2022 7:00

Si sveglia di sobbalzo a causa dei suoi soliti incubi e fissa il soffitto per qualche minuto, mentre allunga il braccio sul comodino e disattiva le sveglie dal cellulare. Tutte le sere mette quattro sveglie per paura di alzarsi tardi. Ancora assonnato va in bagno a farei bisogni ed a sciacquarsi la faccia, pare aver dormito poche ore.

Intanto il caffè comincia ad uscire, con il suo odore forte, apre un cornetto al cioccolato. Comincia a mangiarlo e si versa il caffè.

Finita la colazione, va a lavarsi i denti e parla con il suo riflesso per motivarsi, è una persona molto forte anche se a vederlo non sembra. Una volta pronto per uscire, prende lo zaino e sale in auto, a quell'ora non ci sta traffico ed il tragitto è abbastanza lungo da casa sua.

Blackhole è una città molto grande ed ha un clima mite, con zone popolate e zone deserte ricche di boschi, deve percorrere proprio quelle strade. Si dice in giro che da quelle parti sono stati trovati dei cadaveri nei boschi, insomma i classici luoghi dove se ti ammazzano nessuno può sentirti.

Eccolo quasi a destinazione, s'intravedono le mura di pietra con le vedette. Ci gira intorno per cercare il cancello d'ingresso, le guardie non possono fare a meno di notarlo. Si avvicinano con cautela impugnando i mitra pronti all'uso in caso di necessità, e quando capiscono che Michele non è una minaccia: mostra il tesserino giornalistico.

Ora è dentro! Passa per gli uffici a firmare dei documenti amministrativi. Tutto per questione di sicurezza!

Si avvicina un uomo sulla cinquantina con corporatura grossa e capelli corti, questi dice in tono duro ma rispettoso:

"Complimenti per il coraggio! Sai è raro vedere un giornalista così giovane qui!".

Michele con il suo aspetto minuto ed i capelli rasati, dice mentre si aggiusta gli occhiali: "Grazie, anche se le confesso che ho un po' di paura".

"Ragazzo non temere! Sei con me, Calogero, capo della sicurezza. E senza il mio permesso qui non si muove una foglia" gli dice l'uomo mentre gli dà una bella stretta di mano.

Proseguono il giro turistico nella zona d'aria, composta da alberi ed un campo di calcio. Insomma, un ambiente verde per placare gli animi.

In fondo a questa percorrono una discesa che conduce alle celle, asettiche e bianche con le pareti morbide, per evitare qualche spiacevole incidente.

Le porte altrettanto rivestite, e con apposite finestre che consentono di vedere cosa succede all'interno.

Finito il padiglione delle celle, passano per l'infermeria dove il giovane giornalista conosce Aimee. Una donna bassina sui trent'anni, capelli biondi a caschetto ed occhi azzurri.

Questa dice in tono simpatico e dolce allo stesso tempo: "Finalmente hanno deciso di far fare esperienza ai giovanissimi".

Lui la ringrazia e continuano a camminare verso la sala dei colloqui, che quel giorno è accessibile solo a lui.

Dall'altra parte del vetro già è seduto Gaetano, il criminale da intervistare. Un tizio di età adulta con capelli lunghi e corporatura robusta, con problemi di disturbo della personalità. Appena vede entrare il ragazzo dice con tono infastidito: "Oddio! Mi hanno mandato un ragazzino!".

Michele si siede di fronte a lui e risponde: "Lei deve essere Gaetano".

In tono deciso per nascondere il suo timore.

GAETANO: “Sì! Devi aver sentito molto parlare di me, sai il mio sogno è sempre stato quello di diventare famoso ed ora posso dire che ci sono riuscito”.

Fa una risata isterica e dopo un po’ ritorna serio.

Intanto Michele prepara carta e penna per prendere appunti, e risponde: “Possiamo iniziare?”.

GAETANO: “Certo, se hai abbastanza sangue da usare come inchiostro”.

Si fa più vicino al vetro divisorio, Michele lo ignora e da cenno di iniziare!

Gaetano comincia a raccontare: “Tutto iniziò fuori da quel bar sulla Statale, quell’uomo si fermava spesso a bere il caffè. Dovevo solo capire dove abitava, così un giorno lo seguii fino al suo domicilio e il tutto senza farmi notare perché con uno scooter puoi mimetizzarti tra le auto nel traffico. Inoltre non abitava manco tanto lontano dal bar!

Fatto ciò trovai un luogo dove appostarmi, delle siepi situate a bordo strada vicino casa sua. Mi misi con il binocolo ad osservare i suoi orari abituali, per conoscere le sue abitudini, e soprattutto cercare di capire quando era solo in casa, addirittura feci il giro perimetrale della sua casa e del vicinato. Volevo studiare un piano per entrare ed uscire senza farmi notare!

Quando fu il momento, noleggiai un’auto e la parcheggiai sul retro dell’abitazione. Scesi dall’auto ed aprii la porta sul retro senza fare rumore, avevo due ore di tempo.

Infatti dalle 16: 00 alle 18:00 era solo in casa!

Portai con me una pistola che si usa per sedare gli animali, doveva essere un’azione rapida e silenziosa, e la fortuna giocava a mio favore. Era sotto la doccia!

L’unico momento in cui una persona è vulnerabile, infatti era avvolto dal vapore dell’acqua con lo stereo acceso. Non potevo permettermi di mancarlo, aprii le tende presi la mira e sparai. Quel sedativo era così potente che quando se ne accorse, già si era addormentato!

Lo legai con del nastro isolante e lo misi in due sacchi grandi dell'immondizia. Me lo caricai sulle spalle ed uscii fuori, poi lo nascosi nel cofano e mi recai nella foresta! Esattamente in un vecchio deposito abbandonato, lugubre e pieno di ratti!

Dove in precedenza già avevo preparato un tavolo, corde e vari strumenti per poterlo torturare. Lo presi dal cofano ancora addormentato e lo immobilizzai sul tavolo, lo imbavagliai con un fazzoletto immerso negli scarichi delle fogne e gli tappai la bocca!

Attesi che finisse l'effetto del sedativo e quando quegli occhi si aprirono, videro il taglierino con il quale gli incavai tutto il corpo. Dal dolore svenne, gli misi su tutto il corpo del sale e questi si agitava come un maiale!

Quelle grida di dolore miste al bavaglio con quella puzza nauseante, lo spinsero a vomitare. Morì soffocato dal suo stesso vomito!

Dovevo sbarazzarmi del corpo e, per farlo, lo feci a pezzi con una motosega, quello fu il momento più eccitante mentre il sangue schizzava e le ossa si tagliavano come rami secchi. Raccolsi tutti i pezzi e li gettai in una buca di due metri, scavata in precedenza. Presi della benzina la versai all'interno della buca e bruciai il tutto!

Ma quello fu il mio errore perché quel fumo e quella puzza di carne bruciata, attirò una volante e fui preso in flagrante mentre richiudevo la buca!".

Michele inorridito, lo interrompe ed in tono disgustato e rabbioso dice: "E quindi è così che l'hanno presa. Lei è un mostro! Non voglio ascoltare una parola di più!".

GAETANO: "Non sei stato costretto a venire! Potevi

tranquillamente rifiutarti".

Michele si alza dalla sedia e mentre sta per uscire, il criminale gli dice: "Devo ancora finire di raccontarti, ma dovevo aspettarmi questa reazione da un ragazzino".

Fa una risata ironica.

MICHELE: "Sapevo che si trattava di un omicidio, non di una tortura!".

GAETANO: "Ora che sai i dettagli cosa ti è cambiato?".

Il ragazzo non gli risponde e gli volta le spalle quasi schifato, ma l'intervistato gli chiede gridando: "Chi sei tu per giudicarmi?".

Poi torna nella cella.

Ora inizia il bello…

Il giovane giornalista torna a casa, appena apre la porta, getta lo zaino sul pavimento, e va a farsi una doccia. È talmente scioccato da ciò che ha ascoltato che gli si è chiuso lo stomaco. Stappa una birra e la butta giù per alleviare quella sensazione, in fondo una parte di lui è determinata nel portare a termine quel lavoro.

Non può mollare proprio ora!

La carriera che ha scelto di intraprendere è molto complicata, fatta di un percorso ricco di ostacoli e difficoltà. Richiede la capacità di ascoltare veri film dell'orrore!

Era consapevole che non si trattava di una passeggiata, ma di un viaggio nei meandri della mente di un pazzo omicida. Medita tutta la notte, cercando di trovare il coraggio di ritornare da Gaetano.

Il giorno dopo, rieccolo di nuovo faccia a faccia con l'assassino.

GAETANO: "Non me lo aspettavo che saresti ritornato".

MICHELE: "Ho un lavoro da portare a termine".

In tono molto serio e distaccato.

GAETANO: “Davvero credi di essere migliore di me?”.

MICHELE: “Io non sono uno psicopatico con disturbo della personalità, e poi non sono io quello che sta dall’altra parte del vetro”.

GAETANO: “Il difetto di voi che siete fuori di qui, è proprio questo! Sparate sentenze per ciò che si commette, piuttosto che chiedervi il motivo del gesto”.

MICHELE: “Una cosa del genere non ha scusanti, ha ucciso un uomo nel peggiore dei modi. Facendogli patire le pene dell’inferno, solo a pensarci sento il dolore di quel poveraccio!”.

GAETANO: “Sai la mente umana è come un enorme computer, e quando nasciamo è vuota. Poi man mano che cresciamo comincia ad assimilare informazioni, attraverso le esperienze che la vita ci riserva. E quando ci accade qualcosa di traumatico, attiva un sistema di archiviazione per difendersi.

Proprio come fanno gli antivirus dei dispositivi digitali, ma siccome è solo archiviato e non eliminato, basta una sola informazione per riaprire quel ricordo, e credimi provi tutto il dolore emotivo che non hai provato in quel periodo. Cominci a metabolizzare quel brutto ricordo, anche a distanza di anni!

Ora prova ad immaginare una bomba che ti esplode nella testa, causando un rimbombo così forte, a tal punto che più lo provi a contenere e più ti conduce alla follia!”.

MICHELE: “Cosa vi è successo?”.

GAETANO: “Prendi carta e penna che te lo racconto”.

Continuano l’intervista

GAETANO: “Avevo quindici anni e conducevo una vita da normale adolescente, serena e felice anche se con pochi amici. Sai ero visto come quello strano, quello da cui tutti stavano alla larga!

Cosa che non capivo perché non ne vedevo motivo perché ero la persona più gentile ed ingenua al mondo, non provavo odio nemmeno se mi facevi incazzare!

Ma questi pregi un giorno furono il mio punto debole: conobbi quell'essere che entrò nella mia vita con un approccio amichevole. Si rilevò un'amicizia tossica, mi avvelenava sempre di più approfittando della mia mente malleabile e fragile, con ricatti e bugie! Questi ultimi che mi condussero a subire abusi sessuali, ed a fare cose che non volevo!

Mi trovai ad ingoiare, subire penetrazioni e delle volte con oggetti! Addirittura mi trovai a fare quelle cose che non volevo con un perfetto estraneo. E se mi rifiutavo mi ricattava, dicendo che avrebbe fatto lo stesso alle persone a cui volevo bene.

Tutto questo per quasi due lunghi mesi, più volte! Una pressione psicologica che non ti immagini nemmeno, specialmente quando hai paura di parlane con qualcuno.

Trovai il coraggio di uscirne, e non ne uscii illeso! La cosa più assurda fu che quando finì quell'incubo, la mia mente scordò quel periodo della vita. Come se non fosse successo nulla, continuai la mia vita da adolescente tra serate con la comitiva nei baretti, le prime ragazze ecc.

Poi divenni più grande e verso i venticinque anni, di botto quella frazione di vita mi ritornò in mente. È stato come un intervento a cuore aperto, e senza anestesia!

Un dolore così lancinante che mi spinse, a staccarmi da tutti gli amici mentre annegavo nella depressione. Lacrime versate di nascosto sotto le coperte, tentativi di suicidio di cui nessuno ha mai saputo. Cominciai a provare rabbia verso il genere umano, a tal punto da diventare anaffettivo e freddo!

Quando mi accorsi che stavo toccando il fondo, iniziai a reagire a tutto ciò. Era roba vecchia e la vita continua, rimandai quel ricordo nell'abisso del mio inconscio. Ricominciai ad essere di nuovo gentile, e ad amare le persone, e tutto ciò che appartiene a questo mondo.

Affidai tutto al karma!

Provare odio era solo tempo sprecato, fino a quando non lo vidi fuori al bar! Quel mostro stava risalendo a galla, e provai una sete di vendetta!

Mi logorava sempre più l'idea che quel mostro si fosse permesso di trattarmi così. Doveva soffrire quell'essere! Ora dimmi, sono ancora io il cattivo della storia?".

Il giovane giornalista si sente in colpa per averlo chiamato "mostro", gli dice: "Vi devo delle scuse, ho sbagliato a giudicare!".

GAETANO: "Tranquillo, tanto comunque non servirebbe a nulla. Mi condanneranno a morte".

Rassegnato al suo destino.

MICHELE: "Non è giusto, ci deve essere una soluzione".

GAETANO: "Purtroppo è troppo tardi e friggerò sulla sedia elettrica. A proposito mi verrai a trovare quel giorno?". Con una risata di chi sa che troverà pace.

MICHELE: "La smetta! Non ci credo che non ci sia una soluzione".

Sbatte le mani contro il vetro divisorio.

GAETANO: "Non puoi fare nulla, i famigliari di quel tizio mi vogliono morto, inoltre se pure uscissi di qui la gente mi vedrebbe sempre come un pazzo omicida. Sono marchiato a vita!".

MICHELE: "Quando avverrà l'esecuzione?".

GAETANO: "Domani, anche se prima non mi dispiacerebbe".

MICHELE: "Farò il possibile, recapiterò l'intervista al giudice e la pubblicherò in ogni dove. In modo che tutta la gente sappia che lei non è un mostro!".

GAETANO: “Apprezzo il gesto, ma non servirà perché le leggi di Blackhole non perdonano in nessun caso”.

MICHELE: “Non riesco ad accettare l’idea che domani non sarà più tra noi! Nel suo gesto in preda alla disperazione, ha fatto un favore al mondo, liberandolo da uno dei mali più grandi che affligge questa società”.

GAETANO: “Questo lo pensi tu, ma non il giudice e i famigliari di quell’uomo”.

MICHELE: “Almeno fatti salutare come si deve!”.

Poi guarda Calogero, che con un solo sguardo capisce cosa deve fare.

Apre la porta divisoria che conduce dall’altra parte del vetro, Gaetano si alza dalla sedia e si avvicina al giovane giornalista. Questo che non esita ad abbracciarlo, con tanta di quella forza pari alla rabbia che prova in quest’ingiustizia!

Il condannato scoppia in lacrime e dice: “Nessuno ha mai avuto il coraggio di abbracciami da quel giorno”.

MICHELE: “Io invece sì!”.

GAETANO: “Perché? Come fai a non temere che possa fare del male pure a te?”.

Michele interrompe l’abbraccio, lo fissa per qualche secondo e poi risponde: “Perché io sono te! Sono quella parte del tuo inconscio che non si sarebbe vendicata, rovinandosi la vita. Quella parte ancora gentile, che è incapace di odiare il prossimo!”.

Gaetano incredulo a quelle parole, rimane impalato e sconvolto per alcuni attimi.

Questi interrotti dal suono delle chiavi che aprono la porta del parlatorio: “Gaetano è il momento!”.

In tono dispiaciuto, perché per le guardie non è bello dire ad un uomo che sta per morire, che deve interrompere anche quello che sarà il suo ultimo abbraccio. Qualsiasi cosa abbia fatto!

Il giorno mortale

L'indomani eccolo a camminare verso quel trono infernale, chiamato così perché spedisce all'inferno coloro che hanno commesso i crimini peggiori. Ogni passo si fa sempre più pesante, pure la persona più coraggiosa del pianeta quando è consapevole, che la sua ora è vicina, sentirebbe quella sensazione di malessere, di sentirsi fragile e inutile.

Si accomoda sulla sedia elettrica: non è il primo e non sarà l'ultimo che lo farà!

Gli incatenano braccia e gambe, quel suono di lucchetti è l'ultimo rintocco del tempo che gli rimane. Ora gli mettono la spugna bagnata sul capo, e lo incappucciano!

Intanto la famiglia della vittima di quel crimine osceno, a guardarlo con rabbia e collera che placheranno quando si azionerà quell'interruttore; cosa che a lui non pesa affatto, in cuor suo è consapevole che non è stato solo lui a sbagliare. Quel gesto commesso è stato solo una conseguenza di un'azione imperdonabile!!!

Si inizia!

La corrente passa attraverso i cavi alla velocità della luce, fino ad arrivare alla spugna che gli frigge il cervello in pochi secondi. Attraversa il resto del corpo che si agita, e si spegne con il cuore che scoppia!!!!

Nota dell'autore

Tralasciando il fatto che il racconto è inventato, si deve considerare che nel mondo accadono realmente situazioni simili. Vite rovinate solo perché ci sono individui che provano piacere abusando sessualmente degli altri. Senza fare distinzioni di età o genere, si comportano come bestie incapaci di pensare al male e alle conseguenze delle loro azioni, trasformando chi attraversa quell'inferno in esseri incapaci di provare affetto e facendogli perdere la fiducia nel genere umano.

Molti pensano che coloro che commettono tali atrocità siano persone malate da curare. Tuttavia, l'unica cosa che ci distingue dagli animali è la ragione. Questo significa che siamo consapevoli delle nostre azioni. E come si potrebbe spiegare una cosa del genere a un genitore o alla vittima? Sarebbe come dire che un malato di mente ha il diritto di far del male agli altri.

Il ritorno di Orbs[2]

15 settembre 2020 ore 3:00

In una notte di luna piena, fredda e gelida come la morte; in una delle case di Casoria troviamo Tommy, sul punto di fare una cosa che lo unirà per sempre al "suo amico speciale".

E così tra il buio e il riflesso delle candele, il ventenne si prepara per il rituale, mentre i suoi occhi castani brillano nel buio e tra le ombre delle candele.

Ad un tratto con il suo athame si incide il polso sinistro e, con il sangue colante, fa un cerchio. Si siede in quest'ultimo e pronuncia le parole: "CON IL MIO SANGUE TI PERMETTO DI FONDERTI A ME, CREATURA OSCURA TI LASCIO ENTRARE NELLA MIA ANIMA E DI FARTI FARE PARTE FINO ALL'ULTIMO BATTITO DEL MIO CUORE!"

Poi da quell'atmosfera spuntano due occhi blu ghiaccio, penetranti come stalattiti gelide che perforano l'anima di chi li guarda.

Un attimo dopo l'essenza di quell'entità entra nel corpo del ragazzo, che muta il colore degli occhi da castani a quel blu ghiaccio. Tommy si solleva dal cerchio fluttuando ed emanando una voce diabolica, mentre le candele aumentano l'intensità della fiamma fino quasi ad arrivare al soffitto. Tutto ciò in un silenzio tombale e l'assestamento delle candele, accompagnato

---

[2] Trama: un'amicizia oscura e forte! La storia di Tommy, un ragazzo che si fonde con un'entità con la quale si troveranno ad affrontare mille avventure che spingeranno entrambi oltre ogni limite dell'immaginazione, tra sfumature di tenebre e luce. Queste ultime guidano questo percorso fatto di pianti, gioia e dolore.

dallo svenimento di quel corpo grossolano e robusto che ricade nel cerchio sul pavimento. Quel rituale proveniente dall'oltretomba lo ha reso esausto.

15 settembre 2020 ore 13:00

Intontito e nauseato dall'odore della cera e del sangue stagnato, si alza quasi pentito di ciò che ha fatto la notte prima. A un tratto corre a vomitare sangue in bagno, sporcando il wc e tutto ciò che circonda quest'ultimo, sé stesso compreso. In preda a un mix di rabbia e collera si accascia con le spalle al muro e piange lacrime nere come la pece. Mentre quei bellissimi occhi riassumo quel colore di quell'essere che ha accolto nel suo corpo. Come se quell'entità stesse in conflitto con la natura dell'involucro ospitante, che non farebbe del male nemmeno ad una mosca e sempre pronto ad aiutare il prossimo, contro ogni tipo di ingiustizia.

Ad un tratto ode una voce nella sua testa che lo tranquillizza: "Non piangere, è l'inizio ed è pienamente normale che sei confuso e disorientato. Ti conosco da quando eri solo un neonato e ti ho visto crescere, ho sempre saputo che sei speciale. Un altro al posto tuo non avrebbe resistito al rituale, e il corpo non avrebbe retto a tal punto da esplodere nel vero senso della parola. Non ti farei mai del male e lo sai perché ti ho accompagnato in ogni cosa che hai fatto, e continuerò a farlo. Non ho cambiato nulla in te, sei sempre lo stesso ragazzo pieno di ferite e cicatrici che non si rimargineranno mai! Ma nonostante tutto sei ancora qui insieme a me che non ho fatto altro che amplificare le tue emozioni e sensazioni, a tal punto da far uscire le tue capacità sovrumane che si celavano dentro di te. Imparerai a gestire il tutto e vedrai che niente e nessuno ci dividerà: noi eravamo predestinati amico mio!".

Il giovane distrutto dalla crisi emotiva, non risponde e rimane inerme a fissare il muro di fronte.

15 settembre 2020 ore 18:00

Tommy si dà una scossa e va in cucina a prendere del Valium, ingoia due pasticche con lo sgomento che avvolge il suo umore.

Poi va a prendere il secchio, per riempirlo d'acqua calda che userà per pulire quel luogo, ormai diventato un vero campo di battaglia delle emozioni contrastanti. Si mette i guanti in lattice e versa la candeggina sui posti sporchi, quasi come se fosse determinato a far sparire ogni dolore. Poi immerge lo straccio per lavare a terra, in quell'acqua calda, a tal punto che quel calore pare placarlo.

Ancora tremante, impugna la mazza che gli cade da mano. Poi la riprende con la forza di chi vuole reagire a tutti i costi. Comincia a lavare e le gocce d'acqua che cadono sono come alcool sulle ferite che, man mano che si sanano, alleviano quell'agonia.

Una volta sistemato quel disastro, prende l'asciugamano e si avvia verso la vasca da bagno. Mentre questa si riempie, egli si spoglia di quegli abiti sporchi di sangue e vomito. Liberatosi di questo peso, si immerge in acqua.

E lì, come se fosse immerso in un liquido amniotico, prova una serena pace ancestrale.

20 settembre 2020 ore 17:00

Tommy, dopo aver trascorso quattro giorni a meditare su come gestire la nuova situazione che ha messo a dura prova la sua sensibilità e i suoi nervi, si prepara per andare al lavoro. Indossa quella divisa nera come il suo umore cupo, negli ultimi anni della sua esistenza. Prende la sua borsa e si avvia verso lo scooter, inserisce la chiave nel contatto e preme la leva del freno per far funzionare la messa in moto elettrica. Attende qualche minuto per farlo scaldare per poi liberarlo dal gelo delle notti precedenti.

Passati quei minuti infiniti, sale in sella al suo cavallo motorizzato e dà gas a manetta come se non ci fosse un domani e leggere malinconie si sprigionano al suo passaggio in un cielo di stelle per diventare luce. Spingendo quel 150 cc oltre ogni limite, insieme a quel pistone che gira senza sosta introduce benzina con una rapidità inaudita. Una volta arrivato a destinazione, quel polso si raddrizza facendolo rallentare.

Parcheggia e mette la catena mentre la marmitta scoppietta dal calore. Ad un tratto quell'essere cupo svanisce e lascia posto ad una maschera allegra e solare, di emozioni custodite in ogni battito di cuore. Apre la porta d'ingresso del bar e saluta tutti come se non fosse successo niente negli ultimi giorni. Il cameriere come tutti i lavori a contatto col pubblico, non può permettersi di essere cupo, ma deve trasmettere gioia, fra tremanti emozioni. E lui ormai è diventato forse un angelo, che ci parlerà nel silenzio di inquietudini, di un'anima racchiusa in un cuore d'amore.

20 settembre 2020 ore 19:30

Inizia la parte impegnativa della serata, e Tommy copre il ruolo di passista da bar, portando le consumazioni ai tavoli. Fuori ci sono clienti in fila che attendono di entrare, tra le lamentele di chi resta fuori e di chi si è accomodato, in attesa di comande ai tavoli. La concentrazione è messa a dura prova, perché mantenere quella maschera sotto stress diventa più difficile del previsto a tal punto da far tremare quella mano che regge un vassoio pieno di birre, rovesciandosi addosso ad un signore. Il freddo delle birre lo rende rigido e rimane immobile per qualche istante, sopito, osservando il soffitto, mantenendo la calma.

Il giovane cameriere mortificato si giustifica: "Mi scusi, le giuro che non era mia intenzione. Aspetti che le porto qualcosa per asciugarsi, davvero sono mortificato!" E incassa il rimbrotto del cliente: "Col cacchio, non servirebbe a nulla dato che mi sono bagnato pure le mutande!", rispondendogli con un tono timido:

"Ha pienamente ragione ad essere incazzato, ma le rigiuro che non volevo".

Ma serve a ben poco, perché il cliente gli risponde con un laconico:

"E ci mancherebbe che l'hai fatto apposta, ora può essere così gentile da portarmi il conto? Che me ne vado!".

Il leggero sconto per rimediare allo spiacevole inconveniente a nulla vale, in quanto il malcapitato replica dicendo in modo scocciato: "Io volevo solo passare una serata tranquilla e in santa pace!". Poi si alza e va via specificando che non ci sarebbe più tornato.

A parte quest'intoppo la serata scorre liscia fino alla fine del turno, e sorride, ispirando bagliori.

10 ottobre 2020 ore 9:00

Con il passare del tempo, tra il lavoro e il tempo libero, Tommy riesce a trovare un minimo di stabilità emotiva, nel gestire l'inquilino nel suo corpo. Decide di dedicare un po' di tempo a sé stesso, così appena sveglio prova a farsi un bagno rigenerante, un ottimo toccasana mattutino. Tranquillo e sereno, va in camera e si veste mentre ascolta musica ad alto volume e canta in totale spensieratezza.

Esce di casa e va al bar sotto casa a prendere un caffé e comprare le sigarette, entra salutando con gli occhi che brillano di gioia e pace, si avvicina al banco e beve il caffé con un'irrequieta voglia di vivere e godersi ogni istante di quella giornata libera. Preso il caffé si avvia verso Poggioreale con il suo motorino che a causa della sua stessa euforia, quasi non riesce a controllarlo.

Giunto a Poggioreale entra in un palazzo e si reca al terzo piano, bussa ad una porta e si trova d'avanti Daisy: una prostituta di colore che lavora in casa, alta e prosperosa, con curve da far girare la testa. Con capelli lunghi fino al fondoschiena che fanno da contorno a quel fisico pari a quello di una venere nera caduta dall'Olimpo. Lo guarda con i suoi occhi scuri, che racchiudono la bellezza dei paesaggi africani. Poi gli dice: "Da quanto tempo non ti vedo, cosa ti è successo?".

TOMMY: "Soliti periodi difficili e duri, ma menomale che esisti tu" dice con gli occhi di chi vede l'arcobaleno dopo la tempesta.

DAISY: "Dai vieni di la, ci penso io a te!".

Entra nella stanza e trova un'atmosfera paradisiaca quasi appartenente ad un'altra dimensione, quella che lui preferisce. L'unico luogo dove appaga i suoi piaceri e desideri, placando ogni dolore che lo affligge. In quel luogo dove candele ed incensi, fusi al forte profumo della venere nera, inebriano e fanno perdere la cognizione del tempo che lui stesso paga per trovare un po' di pace lontano dagli impegni quotidiani. Si accomoda sul letto guidato dagli incensi e le candele, poi Daisy sale su di lui e iniziano orgasmi che solo lei riesce a dare, grazie alla sua bellezza e modi di fare che rendono meno crudele questa vita.

Scaduto quel tempo di piacere tornano in cucina e Tommy mette i soldi sul tavolo, soddisfatto. Mentre va via, colei che l'ha condotto in quel mondo paradisiaco gli dice: "Certo che sei strano forte, vieni qui da molto tempo e per me resti un mistero. Mi fa piacere che riesco a renderti felice, ma hai un non so che di misterioso quasi come se non appartenessi a questo mondo".

Tommy risponde in tono tranquillo: "Se mi conoscessi a fondo, inizierei a farti paura ed è un cosa che non voglio".

DAISY: "Esagerato, sei una persona così educata e tranquilla.

Cosa potrebbe mai spaventarmi di te?"

TOMMY: "Credimi meglio lasciarti col mistero, che farmi conoscere a fondo".

Poi va via salutando e ringraziandola, quasi fuggendo pur di evitare altre domande.

Durante la via di ritorno riflette su quel dialogo con Daisy, così pensieroso che va quasi addosso ad un'auto parcheggiata.

Quando è finalmente arrivato a casa, si immerge nella vasca da bagno, ma questa volta con un umore diverso dal precedente. Ricade in una crisi emotiva mentre riemerge quell'entità nei suoi occhi, i quali lacrimando nero, rendendo l'acqua del colore di quelle gocce che colano dal viso. Ad un tratto grida: "Se non c'è via d'uscita, finiscimiiiiiii! Prima che lo faccia con le mie stesse mani!"

Poi quella vocina nella mente replica: "Lo sai che non te lo permetterò, ti ricordo che già ti ho salvato da tre tentativi di suicidio".

TOMMY: "Tu non capisci, io non reggo più tutto ciò. Sono troppi anni che ho la sensazione di non appartenere a questo mondo, persino Daisy se n'è accorta".

VOCE NELLA MENTE: "Non importa amico mio, arriverà il giorno in cui imparerai a gestire tutto questo al meglio".

TOMMY: "Tu sei un demone, è diverso. Per te è tutto più semplice. Tu non hai a che fare con la gente tutti i giorni. Non sei costretto a fingere che vada tutto bene".

VOCE NELLA MENTE: "So che non è facile per te, forse non te ne rendi conto. Ma te la stai cavando meglio del previsto. Pure noi demoni abbiamo le nostre guerre. In passato ce la siamo vista brutta pure noi, e per arrivare al punto attuale davvero è stata tosta".

TOMMY: "Capito. Però giurami che mi aiuterai al più presto

e che il giorno, in cui imparerò a gestire tutto, è vicino".

VOCE NELLA MENTE: "Non ti dico che sia vicino, ma sappi solo che finora te la stai cavando bene!"

Poi Tommy esce dalla vasca, rassicurato come al solito dal suo amico speciale. Si veste e si getta sul letto per farsi un pisolino.

10 ottobre 2020 ore 20:00

Una volta sveglio, Tommy decide di scendere a bersi una birra. Entra nel bar, si accomoda ed ordina la consumazione con tanto di stuzzicheria. Purtroppo quella birra che doveva essere una nei suoi propositi, non resta l'unica, rendendolo irritabile e fuori controllo. E quelli come lui non possono permettersi di essere fuori controllo, ha una responsabilità immensa ed avere i sensi confusi è come gettare benzina su una fiamma. Nonostante ne sia consapevole continua a bere come se per una sera volesse essere libero da tutto e tutti, a costo di subire le conseguenze che non tardano ad arrivare. Dato che è fuori di sé non può fare a meno di dare nell'occhio.

Infatti una volta pagate le birre va via come uno zombi uscito da un film horror. La barista per coscienza cerca di trattenerlo, non perché sia rissoso ma perché per strada qualche imbecille potrebbe approfittare delle sue condizioni.

Lui la rassicura dicendo: "Tanto abito a cinque minuti a piedi, cosa potrebbe mai accadermi?". Poi mentre si avvia verso casa, nota due ombre sbucare dal vico dietro di lui come se qualcuno lo stesse seguendo. Ma raggiunta la meta, varca il portone del palazzo credendo che si trattasse di una sua paranoia dovuta all'eccesso di alcool. Sale le scale arriva alla porta di casa ed una volta entrato si fionda sul letto e cade nel mondo dei sogni, questa volta dondolato dall'ebbrezza della birra bevuta.

3 gennaio 2021 ore 10:00

Siamo a Pomigliano, un paese vicino Casoria. Nei vicoli suggestivi che solo quel paese sa mostrare. In un garage arredato come una base da spionaggio, ci sono due sorelle che hanno seguito e raccolto informazioni su Tommy. Entrambe rivolte verso una bacheca che discutono su un piano contro il giovane.

La prima sulla destra è Vanessa, una trentenne bionda con un fisico prestante e tosta come il suo carattere, che dice alla seconda, Veronica: "Sorellina come vedi, secondo i dati, lo abbiamo trovato. Lui ha tutte le caratteristiche per poter essere il prescelto di un'entità oscura. Ovvero depresso, crisi emotive, sensibile e chi più ne ha più ne metta. Questi sono i preferiti dei demoni".

Veronica con i suoi venticinque anni e i capelli marroni, alta poco più della prima, risponde: "Non possiamo dare un verdetto così: sai quanta gente conosco con queste caratteristiche? Ora ci mettiamo a cacciarli tutti? E se pure fosse come dici tu, dimmi come facciamo a vedere se in lui ci stia qualcosa?"

VANESSA: "Semplice, lo facciamo arrabbiare e vediamo se esce la sua vera natura. Deve uscire per forza, in casi estremi questi esseri fanno di tutto per difendere il loro involucro. Perché è l'unico modo che hanno per sopravvivere!"

VERONICA: "Ok, fin qui ci siamo. Partiamo dal fatto che tu mi hai insegnato che la prima regola è quella di non intromettersi con chi non ha a che fare con questo mondo occulto. Mica possiamo metterci a farlo incazzare noi?! Ora ci manca solo che lo pestiamo fino a farlo uscire fuori!"

VANESSA: "Ottima idea sorellina, vedi che quando vuoi sei intelligente? Hai ancora quei passamontagna?"

VERONICA: "Ti ricordo che l'ultima volta per catturare un demone abbiamo rischiato una denuncia per sequestro di persona. Ed ora vuoi addirittura fare un'aggressione per constatare la nostra teoria".

VANESSA: "Non abbiamo scelta, il tempo dei pedinamenti è finito. Ogni giorno che passa è sempre più tardi! Lo so che non è la prima volta che ti caccio in questi casini, ma non scordarti che siamo cacciatrici di demoni e dobbiamo fare di tutto per impedire che si insinuino tra di noi".

VERONICA: "Se non abbiamo scelta, facciamo a modo tuo. Però cerchiamo di essere prudenti e ben camuffate. Approfittiamo degli orari meno caotici in modo che nessuno ci veda, e soprattutto luoghi isolati. E già ho un luogo che di solito Tommy frequenta spesso e volentieri, dove abbiamo più probabilità di beccarlo".

VANESSA: "Bene così mi piaci! Prepara tutto che agiremo il prima possibile!"

10 gennaio 2021 ore 3:30

Le due sorelle si inoltrano nella villa comunale del paese, che a quell'ora ha un certo fascino con quelle sfumature dovute ai riflessi della luce, resa fredda e desolata dal clima della stagione e le papere nel lago artificiale che con i loro versi rendono quel luogo più magico di quanto non lo sia. Le foglie che si muovono col vento amplificano la tensione che fa tenere gli occhi azzurri di Vanessa e quelli marroni di Veronica sbarrati come fendinebbia.

La tensione è spezzata da alcuni passi all'ingresso principale: è Tommy che si sta inoltrando nella villa inconsapevole di ciò che lo spetta. Passa di fianco al lago e si ferma a fissare la fauna. Dopo un po' si reca nel posto più isolato e buio in totale relax, in totale silenzio.

Questa sensazione di pace finisce quando si sente stringere il collo da due braccia, mentre un'altra persona con il passamontagna gli tira pugni nello stomaco così forti da farlo piegare a metà.

Poi una scarica di calci da entrambi i lati che gli impediscono di rialzarsi. Inoltre il suo fisico massiccio non lo aiuta. Infine i calci in faccia lo fanno sanguinare e svenire. E in tale stato lo lasciano.

Realizzato il loro piano infallibile, le due sorelle vanno via.

Vanessa dice: "Sbrighiamoci prima che qualcuno ci veda!"
VERONICA: "Te l'ho detto che era pericoloso".

VANESSA: "Ora scappiamo, ne parliamo a casa".

Quando sono quasi all'uscita, sotto il lampione dell'ingresso notano una sagoma che le fissa con gli occhi blu ghiaccio che grida con voce demoniaca: "Dove credete di andare! Voi da qui non ne uscirete vive. Non sapete che a giocare col fuoco ci si fa male? Non fermerete Orbs!"

Le fuggitive restano sgomente, perché un demone simile in grado di rimanere nascosto così a lungo dentro un corpo senza farsi notare, per poi colpire a sorpresa, non lo avevano mai conosciuto. Cominciano a scappare per la villa: ora sono loro le prede.

ORBS: "Arrendetevi ora! Vi troverò ovunque andiate".

Vanessa dice a Veronica, mentre corrono: "Sorella, fino alla fine! L'ho abbiamo trovato, è lui. Visto era come dicevo?"

VERONICA: "Ed ora che si fa?"

VANESSA: "Iniziamo a scappare, tanto le pietre le abbiamo. Useremo la solita strategia!"

VERONICA: "Ok, entriamo in quella vecchia struttura, ha pure l'uscita sul retro". VANESSA: "Ricevuto!"

Entrano in un logoro e umido capannone abbandonato, a tre piani, pieno di polvere e scale arrugginite: uno scenario da film horror, quasi surreale. Salgono all'ultimo piano, con le scale che scricchiolano. Una volta raggiunto l'ultimo piano si rannicchiano in un angolo per nascondersi per bene e si tolgono i passamontagna. I loro cuori pompano il sangue così veloce da sentire i loro stesso battiti, in quel silenzio sofferente. La paura inizia ad avvolgere le loro anime. Sanno che prima o poi le troverà e devono sbrigarsi a trovare una soluzione. Così trovandosi alle strette non hanno altra scelta che ricorrere al piano di difesa, e una volta trovato lo spazio giusto per fare un cerchio di sale per proteggersi da colui che non vuole altro che le loro anime.

Dopo aver fatto il cerchio, il loro rivale non tarda ad arrivare e a far sentire i suoi passi. E dice: "In fondo voi mi avete provocato, danneggiando il mio amico che è stato così gentile ad accogliermi. Io capisco che state facendo il vostro lavoro, ma non vi permetterò di far del male a Tommy. Quindi non complicatemi la situazione che vi trovo lo stesso!"

Detto ciò gironzola per la struttura, come un soldato determinato ad abbattere il nemico, fiutando la puzza della paura. Una volta trovate, le fissa mentre sono nella loro fortezza di sale, quest'ultima invalicabile da entità oscure.

Poi gli dice: "Voi e questi maledetti trucchetti, prima o poi dovete uscire da li. E se non lo fate questo luogo sarà la vostra tomba".

Vanessa e Veronica lo fissano con gli occhi chi vorrebbe lottare ma è costretto ad arrendersi.

Poi il demone prende una bombola di gas e una latta di benzina, trovate in mezzo a quelle macerie. La prima la situa vicino alla loro unica speranza di difesa e la seconda la versa sulla bombola, facendo una scia di miccia liquida fino all'ingresso. Il rumore di quella sostanza infiammabile versata fa da conto alla rovescia per la morte delle due cacciatrici, che sanno che non ne usciranno vive ed è meglio morire così che una lenta agonia che Orbs gli può dare.

Così si danno un abbraccio, coscienti che sarà l'ultimo della loro vita.

L'assassino da fuori torce la testa mentre prende il suo accendino zippo. Lo lascia cadere e le fiamme non impiegano molto a raggiungere quella bomba, che esplode e le due sorelle spariscono in quell'urto tanto forte quanto letale.

15 gennaio 2021 ore 5:30

Una mattina particolarmente più tranquilla del solito rende via della Stadera, una sorta di stradone, quasi come se conducesse al paradiso stesso. Non c'è un'auto che circola e nemmeno una persona per strada, dando l'impressione di uno scenario post-apocalittico. Poi come per magia si apre una finestra, mentre il sole fa uscire timidamente i suoi primi raggi che ancora non riescono a riscaldare l'aria gelida.

Da quella finestra che ha animato per prima quella quiete, sbuca una signora che grida e sveglia tutto il vicinato.

Come una scintilla che da inizio alla visione di una scena che nessuno mai si augura di vedere. Un signore anziano che penzola dal un balcone appeso con una corda al collo, come una lancetta di un orologio fermo ed immobile della vita di codesto sfortunato. Morto per cause sconosciute.

Tutti sotto quel corpo inerme, ad attendere l'arrivo della polizia, che non tarda a giungere, dato che la centrale è vicina. Tra gli spettatori ci sta pure chi non riesce a guardare, per paura che quell'immagine non si tolga mai più dalla mente, rimanendo impressa e impedendo al sonno di arrivare.

Quando la polizia si allontana portando via il cadavere, oramai freddo non solo per il decesso, ma pure per le basse temperature che ci sono in quelle ore del mattino. Chi lo conosceva sa che non avrebbe mai fatto un gesto del genere e così insieme al dolore, costoro furono attraversati anche da mille dubbi.

17 gennaio 2021 ore 23:00

Di solito a quell'ora il prete già è coricato. Ma essendo pure lui addolorato, non riesce a dormire così si affaccia al balcone per fumarsi una sigaretta e nota all'ingresso della chiesa una proboscide. Cosa strana ed anomale e non resiste alla curiosità di controllare se si tratta del frutto della sua immaginazione o meno, dato che ha accolto vari animali nella dimora di Dio. Dando loro riparo nelle ore notturne quando il tempo non è dei migliori.

Esce dalla sua camera e scende una scala a chiocciola che lo fa ritrovare all'interno della chiesa. Passa per la conchiglia dell'acqua santa, immerge le dita dentro e si fa il segno della croce come simbolo di protezione, dato che non sa cosa possa esserci dietro quelle enormi porte di legno.

Le spinge e l'unica cosa che vede è il vuoto totale e le scale che conducono alla piazzola che circonda la chiesa. Ad un tratto il predicatore intravede un'ombra enorme che va verso di lui e mettendo a fuoco vede un elefante con una corazza sul dorso che gli arriva fino alle zampe, come un mantello protettivo, con movimenti goffi e lenti.

Quando il volto dell'animale si incrocia con quello del prete, egli comincia togliersi il rosario e lo impugna per la croce. Lo solleva in alto e lo fa scorrere lungo la gola tutta la parte restante, come un fachiro.

Inizia a mancare il respiro e la pelle assume un colorito quasi viola dal soffocamento. Fino a che cedono le forze vitali e si accascia per terra davanti a quelle porte sacre.

18 gennaio 2021 ore 13:00

Tommy sta cuocendo un hamburger nella padella. Mentre il pranzo si cuoce, ascolta il telegiornale che parla della seconda morte inspiegabile e rimane perplesso a pensare chi o cosa possa essere il colpevole di tutto ciò. Si siede, una volta apparecchiato la tavola e, mentre impugna le posate, appena sta per tagliare il cibo, Orbs gli dice: "Credo che sia tornato".

TOMMY: "Chi?"

ORBS: "Il Poto Distruttore"

TOMMY: "Spiegati meglio".

ORBS: "Ti ricordi quando ti parlai della fine che facevano le anime degli animali sacrificati?"

TOMMY: "Sì"

ORBS: "Ogni volta che torna è la stessa storia, e dà inizio ad una lunga scia di morti inspiegabili".

TOMMY: "Da quando ti importa della morte degli altri?"

ORBS: "Io mi preoccupo delle conseguenze di tutto ciò. Perché il Poto trascina con sé pure altre forze che intendono distruggerlo. Entrano in gioco anche coloro che mi danno la caccia, e non esiteranno e distruggere pure noi!"

TOMMY: "Allora ci tocca trovarlo prima di loro".

ORBS: "Esatto, sarà un alleato perfetto. Ma prima di ciò, dobbiamo fare una cosa per tutelarci. E tu sai a cosa mi riferisco."

Dopo la conversazione spegne la televisione e continua a mangiare, quando ha terminato poggia le posate nel piatto e si riempie il bicchiere d'acqua. Il silenzio è così profondo che si può sentire persino l'acqua scendere nello stomaco.

19 gennaio 2021 ore 00:00

Il giovane indossa qualcosa per coprirsi dal gelo e si mette in cerca del Poto Distruttore. Si reca nell'ultimo posto dove ha ucciso, e fa in modo di non dare nell'occhio. Sa che non sarà facile tale impresa, considerando che la maggior parte delle persone ha paura di stare in giro in determinati orari, così lascia fare a Orbs, e dopo tre ore di ricerca camminando e perlustrando ogni singolo metro quadro della zona, finalmente vede dietro a dei bidoni della spazzatura una coda d'elefante, si avvicina a passo lento e deciso e assiste ad un'altra vita che si spegne.

Attende che si volti verso di lui e non può fare a meno di notare quegli occhi rossi, come il sangue di tutti gli animali sacrificati nel corso degli ultimi anni. Poi con l'athame si fa un taglio sul polso destro e poggia quest' ultimo sulla fronte dell'animale distruttore di anime, creando un legame demone-bestia che gli sarà di molto aiuto in questa guerra tra entità divine.

1 febbraio 2021 ore 1:00

Il duo oscuro miete sempre più vittime diventando sempre più potente ogni anima che prende. Ma, mentre sta nei pressi del cimitero, in un campo arato, vengono interrotti da una voce minacciosa che dice: "Ma guarda! Due piccioni con una sola fava!" Poi sbucano da dei cespugli delle vecchie conoscenze, Vanessa e Veronica. Orbs replica: "Non so come siate sopravvissute a quell'esplosione, ma state certe che questa volta non avrete la stessa fortuna".

Ad un tratto le pietre che hanno al collo, cominciano a brillare fino ad avvolgerle in un'aura luminosa come il sole. Per magia, entrambe si ritrovano armate di lancia e scudo, che si materializzano nelle loro mani.

Orbs capisce che è iniziato uno scontro tra luce e tenebre. E non ci saranno esclusioni di colpi. Parte all'attacco il Poto Distruttore, materializzando una sfera oscura attraverso la bocca e la lancia ai piedi delle cacciatrici, sollevando un polverone, per poi mimetizzarsi all'interno in modo da usare il campo a suo vantaggio.

Le avversarie trovandosi in netta difficoltà si tengono sulla difensiva. Orbs scende dal suo alleato e cerca di avvicinarsi alle cacciatrici per colpirle a sorpresa tra quella polvere. Intanto

Veronica e Vanessa iniziano a combattere con le lance nel vuoto sperando di colpire il loro avversario, ma improvvisamente si sentono colpire le gambe e cadono a terra stese. Svanisce il polverone e vedono davanti ai loro occhi il volto del Poto Distruttore che esercita il suo potere su di loro, senza risultati.

Le cacciatrici passano al contrattacco e la corazza che ricopre il temuto elefante, fa la sua parte rendendosi inscalfibile. Insomma uno scontro alla pari, tra forze opposte.

Continuano così a lungo. Fino a che le cacciatrici notano il punto debole del Poto Distruttore, ovvero la testa. Vanessa carica il braccio destro all'indietro, impugnando la lancia e la scaraventa sul volto dell'elefante oscuro.

Quest'ultimo barrisce di dolore e si accascia con tutto il suo peso su quel morbido suolo. La corazza comincia a sgretolarsi, diventando cenere insieme al resto del corpo, mescolandosi a quel terreno che è il luogo dove il male è stato sconfitto.

Ad un tratto scende un raggio da quel cielo, come se un essere dall'alto stesse per arrivare, che si affievolisce e inizia a mostrare la sagoma di ciò che si trova all'interno. Dei capelli castani e ricci, un volto angelico e una tunica bianca con una cinta dorata.

Orbs lo riconosce e dice: "Tanis, lo sospettavo che ci fosse il tuo zampino sulla fortuna delle cacciatrici e sui poteri che hanno ricevuto".

TANIS: "Prima o poi doveva venire questo giorno, è finita. Non vincerai questo scontro!"

ORBS: "Voi guardiani degli equilibri, siete tutti così rispettosi delle regole divine. Ma non vi annoiate? Tu credi che ti dia la soddisfazione di eliminarmi?"

Poi si porta le mani alla testa e, con un gesto netto e forte, si spezza l'osso del collo. Un gesto disperato che fa cadere privo di vita il corpo di Tommy: il suo amico che si è offerto come involucro con immenso piacere.

2 febbraio 2021 ore 19:00

Daisy poggia sul tavolo quella scatola, interamente in legno che gli è stata regalata da Tommy prima che si mettesse a cercare il Poto Distruttore. La apre e legge la lettera messa apposta per lei: "Se stai leggendo queste parole vuol dire che sono passato a miglior vita. Scusa per il dolore che stai provando in questo momento, ma eri l'unica persona di cui mi fidavo. Infatti ti ho mostrato la mia vera natura, hai conosciuto il mio segreto. All'interno di questa boccetta di vetro, troverai un'essenza di ciò che ero o per meglio dire ciò che sono diventato. Non sei obbligata ad aprirla, sappi solo che se lo farai risveglierai il potere Voodoo che si trova in te. Quel potere che ti è stato trasmesso grazie ai tuoi antenati. Sei una prescelta come lo sono stato io. Ora non so la decisione che prenderai, ti chiedo solo di custodire gelosamente questa scatola e ciò che si trova al suo interno nel caso dovessi rifiutarti di riscoprire il tuo vero IO. Ti ringrazio in entrambi i casi.

Non scordarti mai di me! Ti voglio bene!"

Una volta letto tutto con un nodo in gola, porta la scatola nella stanza da letto e dopo una profonda riflessione fa ciò che si sente di fare.

8 marzo 2021 ore 9:00

L' aereo sta quasi per atterrare, si intravede nel cielo azzurro che circonda quella pista, mentre il vento soffia a velocità moderata tra quel confine erboso che delimita lo spazio di atterraggio. Il Sole quasi accecante, attutito dagli occhiali da sole; nell'attesa dell'arrivo del fratello minore delle due cacciatrici che hanno in serbo una sorpresa per il suo diciannovesimo compleanno. La luce negli occhi permette di vedere solo la sagoma di quell'esile e minuto ragazzo. Bruno è quasi all'auto, stanco ma felice di rivedere i suoi cari e la famiglia.

Vive a Londra per lavoro ed è tornato per rilassarsi un po'. Veronica e Vanessa scendono dal veicolo per salutarlo e abbracciarlo: è tanto che non lo vedono. Mette le valigie nel cofano con il sorriso stampato sul volto, sale in auto e si recano a casa.

VANESSA: "Allora che si dice a Londra?"

BRUNO: "Il solito. Qualche volta dovreste venire tu e Veronica da quelle parti. Si sta bene sai, a parte le giornate piovose e umide. Ora vado a darmi una rinfrescata".

VERONICA: "Ok, intanto io preparo qualcosa da mangiare".

Le due sorelle preparano la torta sul tavolo con le bottiglie di spumante e attendono che Bruno finisca di lavarsi e vestirsi. Entra in cucina e trova il tavolo allestito mentre parte la canzone di buon compleanno. Se l'aspettava tale sorpresa, anche se non ama festeggiare il compleanno. Dato che per lui vuol dire essere di un anno più vecchio, e non sopporta il tempo che passa inesorabilmente. Si avvicina alla torta e soffia le diciannove candeline. Esprime un desiderio pure se non crede a quest'usanza.

8 marzo 2021 ore 21:00

Terminati i festeggiamenti a casa, tutti e tre scendono nel luogo più gettonato di Pomigliano. Un posto dove la movida prende vita tra quei baretti e pub, in un modo rapidissimo e così elevato che per passare tra la folla ti tocca spintonare chi hai davanti. Dopo essersi fatti spazio tra la gente, riescono ad entrare in uno di quei baretti. Ora è giunto il momento della fila per il banco delle consumazioni, tra gente ubriaca e ragazze che per passare avanti fanno gli occhi dolci pure al loro stesso sesso. Finita pure quella fila, giungono davanti al barman e ordinano tre drink per poi uscire ed allontanarsi da quella massa di avvoltoi che quasi vanno dietro alla postazione di lavoro del liquorista che mentre lavora, si trova il seno delle tipe che gli ballano quasi addosso.

Giunti al centro della piazza si siedono su l'unica panchina libera e discutono del più e del meno. Poi uno degli amici di Bruno, tira quest'ultimo nella folla e Veronica dice a Vanessa: "Che dici stiamo tranquille con Orbs? Ora ci sta pure nostro fratello e non vorrei che finisse pure lui nelle sue mani oscure".

VANESSA: "Non dico che possiamo stare tranquille, comunque le forze oscure stanno sempre pronte. Ma ciò non vuol dire che dobbiamo stare con l'ansia addosso ogni secondo della nostra esistenza".

VERONICA: "Dici?"

VANESSA: "Sì dico, e poi ti ricordo che sono la più grande. Ti conviene ascoltarmi, tanto se tornano le prendiamo di nuovo a calci come l'ultima volta". Dice scherzando

VERONICA: "Me la ricordo quella notte, fu molto dura".

Poi entrambe si alzano dalla panchina e cercano di godersi la serata in totale spensieratezza.

10 marzo 2021 ore 00:00

Daisy è di fronte ad un altare, sul quale giace un corpo squarciato in petto. Da qui ha estratto gli organi a mani nude con l'aiuto di un'athame molto affilato. Guarda il libro di magia sul piedistallo e pensa a voce alta: "Perfetto, me ne manca solo uno. Ma c'è tempo, che fretta c'è? Tanto nessuno sa che ospito Orbs nel mio meraviglioso corpo. Molto utile per adescare le persone da sacrificare".

Torna a casa, per darsi una ripulita. E durante quel tragitto cerca di elaborare un piano per trovare la prossima vittima, di solito sono persone che per lo stato non esistono e non hanno nessuno. Ovvero barboni che non sceglie mai nella stessa zona, per non attirare l'attenzione.

10 marzo 2021 ore 10:00

La strega voodoo si sveglia, con quei capelli lunghi che al mattino sembrano la foresta dell'Amazzonia. Si prepara come al solito provocante, diventando per chi la guarda come miele per le api. Va in tabaccheria e non passa di certo inosservata dal commesso dietro la cassa, lui la nota così tanto che si scorda di dargli il resto.

E Daisy dice: "Il resto?". COMMESSO: "Scusa, ero distratto".

DAISY: "Chissà perché". Dice con un sorriso provocante mentre prende il resto ed esce, sfoggiando a suon di tacchi i suoi stivali, come una pantera che marca il territorio. Le donne spettegolano dicendo che è una donna di poco valore e che quelle della sua razza fanno le bambole con gli spilli.

Non può fare a meno di ascoltare e replica: "Appunto perché la mia razza, come la chiamate voi, fanno le bambole voodoo, vi consiglio di tenere a freno quelle lingue. Chiaro?"

Le malelingue girano lo sguardo verso la cassa, intimorite e senza discutere.

10 marzo 2021 ore 13:00

Daisy si trova in auto sul lungomare di Napoli. Sale le salite che conducono in uno dei punti più alti della città, dove si può vedere il sole che bacia il mare. Quasi come se diventassero una sola cosa.

Lei adora i paesaggi magici, e mentre sale a godersi il panorama, viene interrotta da un ragazzo; anch'egli si trova lì per lo stesso motivo.

RAGAZZO: "Sempre bello qui, mancava venirci". DAISY: "Perché? Non sei di qua?"

RAGAZZO: "In realtà sì, ma vivo fuori Italia per lavoro. Sono tornato per vacanza". Detto ciò si presentano e quando Daisy gli stringe la mano, avverte che è il fratello delle cacciatrici. Capisce che non deve lasciarselo scappare, deve dare una lezione a quelle due. Ma prima gli chiede di uscire qualche sera, sicura che non riceverà un rifiuto.

Si salutano e risale in auto sapendo di aver avuto un vero colpo di fortuna. Orbs avrà l'occasione di avere la rivincita dall'ultimo scontro finito male che ha costretto Tommy a togliersi la vita, pur di non essere eliminato da Tanis, il guardiano degli equilibri.

Nel pensare a tutto ciò le sale la rabbia e stringe il volante quasi a far entrare le unghie l'una nell'altra, a rischio di spezzarle. Fa un sospiro e si calma.

15 marzo 2021 ore 21:00

Bruno sta davanti alla pizzeria ad aspettare Daisy, bella com'è, ne vale la pena. Inoltre è una serata fresca ma non fredda, e poi si va incontro all'estate. Eccola che sta venendo con tutto il suo fascino africano. Indossa un vestito, altrettanto scuro. Si accomodano: un ambiente elegante ma allo stesso tempo semplice.

Arriva il cameriere a portare i menù, anch'egli incantato da tale bellezza. A tal punto che cade l'occhio sul quelle gambe, paragonabili ad un parco giochi per pensieri perversi. Poi li lascia soli per far decidere cosa prendere.

Entrambi optano per la margherita e nell'attesa che si riavvicini il cameriere per l'ordinazione, Bruno le chiede cosa fa nella vita, e Daisy per non far saltare il piano replica dicendo che fa la hostess e che sta in ferie.

Ordinano le pizze e una bottiglia di vino. Daisy mentre mangia lancia frecciatine e sguardi, come una pantera che rilascia feromoni a non finire. Escono dalla pizzeria e Daisy dice con voce sensuale: "Conosco un posto carino per concludere la serata, se vieni con me in auto ti ci porto".

Bruno non se lo lascia dire due volte e prende l'occasione al volo. Così sale in auto con lei, ignaro del destino crudele che lo attende. La carnefice mentre fa partire il veicolo, lo guarda con lo sguardo di chi è pronto per finire la preda. Arrivati a Poggioreale, si reca dove si trova il suo nascondiglio.

Il giovane scende dall'auto, e Daisy lo accompagna su un piazzale molto grande e recintato da mura di cemento. Varcato quel confine di cemento raccoglie una pietra e lo colpisce in testa, facendolo svenire. Si toglie i tacchi e lo trascina fino ad una chiesa sconsacrata all'interno di quel piazzale.

Bruno si riprende e si trova legato su un altare di pietra, con Daisy vestita con una tunica rossa da rituali che stringe tra le mani un athame, mentre Bruno ha gli occhi spalancati dalla paura. Ora quella dolce e sensuale donna si è tramutata in un'arpia sanguinaria, spietata e senza un briciolo di cuore. Fa cadere la lama in petto e gli estrae il cuore mentre batte ancora e schizza sangue caldo, pronunciando queste parole:

"SACRIFICO QUESTO UMANO COME TRIBUTO A TE CHE PUOI APRIRE LE PORTE DELL'INFERNO..."

Un attimo dopo un varco si apre sul soffitto di quella casa di Dio sconsacrata, da cui esce tutto il male del mondo.

16 marzo 2021 ore 6:00

Vanessa salta dal letto, un attimo prima della sveglia. Corre nella stanza di Veronica svegliandola di botto e dice: "Bruno è in pericolo, svelta vestiti che andiamo ad aiutarlo!".

VERONICA: "Cosa succede?"

VANESSA: "Ho fatto un incubo, dove veniva sacrificato su un altare" VERONICA: "Ok va bene. E ti ricordi il luogo?"

VANESSA: "Sì"

VERONICA: "Andiamo!"

Vanno così veloci in auto che in quindici minuti già sono sul luogo del sogno. Entrano nel piazzale, pieno di erbacce spinate e topi. Raggiungono la chiesa sconsacrata e la scena che vedono le lascia senza fiato, gridano e scoppiano in lacrime.

Il corpo di Bruno smembrato, legato con le funi insanguinate, e al lato di quell'altare una scritta:

ORBS NON SMETTERÀ MAI DI ESISTERE.

Il portale è stato aperto, grazie al sangue di Bruno. Quelle porte sono state aperte. E ciò che ne è uscito rende quest'eterna guerra tra Luce e Tenebre, ancora più intensa e dannosa. Più di quanto già non lo fosse, ora è giunto il momento di decidere da che parte stare!

Ora, non ci sono più scuse, e quelli che stanno nel mezzo sono i primi a perire!

La penna di Alasus[3]

Prologo

Fin dall'inizio dei tempi l'uomo è alla continua ricerca del successo!

Quest'ultimo, che nel corso dei secoli, ha assunto forme diverse, queste che si possono semplificare in una sola frase: RAGGIUNGIMENTO DEI PROPRI OBIETTIVI!

Ed è proprio qui che si dividono le strade per arrivare a ciò.

La prima è quella più impegnativa e sacrificata, percorsa dai cosiddetti uomini di principio, coloro che credono nei valori e nel fatto che ogni cosa ha il suo tempo;

Invece la seconda è una scorciatoia attraverso sentieri malridotti pieni degli scheletri di coloro che hanno provato a percorrerla, ma quando hanno visto collassare tutto ciò che li circondava hanno deciso di mollare.

9 gennaio 2020 ore 11:30

Quell'aria di carta e di ufficio quasi nauseante e monotona per Carlo che lavora in quel call center da fin troppo tempo.

CARLO: "Pronto signora la contatto dalla…"

SIGNORA: "Non mi interessa grazie" Tuh Tuh (suono del telefono riagganciato)

ALESSIA: "Stai perdendo colpi? Fino a ieri facevi tre contratti al giorno." In tono scherzoso.

CARLO: "Non ne ho idea è la settima telefonata che non va a

---

[3] Trama: la vita di Carlo, cambierà grazie ad un oggetto che realizzerà il suo più grande sogno. Inconsapevole che tutto ciò si ripercuoterà su sé stesso, rendendo la propria vita un vero inferno!

buon fine."

Dice scoraggiato, mentre cerca un altro numero da contattare.

Alessia cerca di tirargli su il morale dicendo: "Dai sono giornate un po' così, non ci far caso." Poi fa un occhiolino incoraggiante.

Termina il turno ed entrambi scendono dall'ufficio, il quale è situato in piazza Dante.

Contenti di essere usciti da quel posto che non garantisce nessun futuro, si avviano verso Via Mezzocannone, dato che entrambi abitano nei dintorni.

Camminando, Alessia intravede un negozio di antiquariato nel quale decide di entrare per vedere qualche regalo per la nonna che è amante dell'antiquariato.

Apre quella porta scricchiolante e si trovano un corridoio lungo e in penombra, nella quale i capelli biondi di Alessia brillano nella parte luminosa, con i suoi trent'anni che non dimostra affatto.

Oggetti impolverati e logorati dal tempo, con quell'odore di vecchio e polvere, ad un tratto intravedono un signore anziano che si avvicina a loro, accogliendoli con tanta gentilezza.

ANZIANO: "Buongiorno ragazzi, in cosa posso esservi utile?"

ALESSIA: "Salve, sto cercando qualcosa per mia nonna che è amante dell'antiquariato."

ANZIANO: "Allora sei nel posto giusto, intanto dai un'occhiata e nel caso ti occorra aiuto chiedi pure."

Nel frattempo Carlo gironzola per il negozio, è incuriosito da una scatola di legno con dei teschi sopra e improvvisamente nel silenzio più totale sbuca il vecchietto che dice: "Bella vero? Fa quest'effetto a tutti coloro che la vedono."

CARLO: "Perché? Cosa contiene?"

Chiede preso dalla curiosità.

ANZIANO: "Una penna maledetta che non è per tutti!"
CARLO: "Quanto costa?"
ANZIANO: "50 euro, ma il vero prezzo è un altro, ragazzo e credimi quando ti dico che non fa per te." CARLO: "La prendo!" In tono deciso.

Intanto Alessia non può fare a meno di ascoltare e trascina Carlo fuori da quel negozio e lontano da quel vecchio inquietante.

ALESSIA: "Ma sei matto, non si scherza con gli oggetti maledetti! Ascolta una che ha 10 anni più di te!"

CARLO: "Tu credi ancora alle maledizioni?"

ALESSIA: "Sì, andiamo al bar che è meglio!"

E lo tira per la mano lontano da quel negozio.

CARLO: "Certo che oggi sei più irritata del solito."

Dice con un sorriso ironico.

ALESSIA: "Non sono irritata, sto semplicemente proteggendo un ragazzino di vent'anni che non fa altro che cacciarsi nei casini".

CARLO: "Ok sei ufficialmente più irritata del solito!" Con un sorriso ironico.

Il giorno dopo Alessia si assenta dal lavoro per l'influenza e la postazione al fianco di Carlo in ufficio è vuota, durante il solito giro di telefonate cade la linea e mentre tutti sono fuori a fumare, Carlo è seduto con gli auricolari. Ad un tratto sente una voce inquietante attraverso le cuffie che dice: "Ciao. Che aspetti a prendermi, sono la soluzione dei tuoi problemi!"

Dopo ciò rimane pietrificato dalla paura per qualche secondo.

I COLLEGHI: "Carlo tutto bene? Pare che hai visto un fantasma!"

CARLO: "Sì tutto bene!"

Poi esce fuori al balcone a prendere un po' d'aria, pensando se sia stato frutto dell'immaginazione o meno.

Ore 12:05

Il giovane esce dall'ufficio e fa il suo solito tragitto per il ritorno a casa, ma questa volta non c'è la sua collega ad impedirgli di acquistare quella penna maledetta e cacciarsi nei guai.

ANZIANO: "Buongiorno caro, non hai resistito vero?"

CARLO: "Ecco i 50 euro, la prendo!"

Dice in tono agitato e ansioso.

ANZIANO: "Ne sei sicuro? Guarda che non è una penna per tutti!"

CARLO: "Sono più che sicuro!"

Poi procede all'acquisto e il vecchietto dice: "Buona fortuna ragazzo."

Esce soddisfatto di aver placato quel desiderio di ottenere quella scatola misteriosa contenente quella penna, ed arrivato a casa la poggia sulla scrivania, poi verso mezzanotte la apre e impugna quella penna stilografica.

Nel prenderla si fa un taglio sul dito e nell'attimo in cui sì taglia cola una goccia di sangue che cade sul foglio, poi manca la corrente per un istante e sente un'aria gelida attorno a lui seguita da un soffio sul collo e un sussurro all'orecchio che dice: "Perfetto una goccia può bastare, hai fatto una saggia scelta. Non te ne pentirai".

Poco dopo si trova un tizio al suo fianco vestito di nero con un mantello altrettanto nero, pelato con un cappello da gangster, con occhiali che poi si toglie lasciando spazio ad occhi rossi come il fuoco dell'inferno.

Quello stesso tizio gli dice: "Molto lieto, Lord Alasus piacere, lo so fanno tutti così la prima volta che mi vedono."

In tono pacato

CARLO: "E tu da dove sei uscito?"

Dice balbettando dallo stupore, quest'ultimo così forte che

cade dalla sedia.

LORD ALASUS: “Dalla scatola caro, da oggi sono il tuo tutor sovrannaturale!”

Poi fa un inchino togliendosi il cappello.

CARLO: “Cosa è? Una sorta di patto col diavolo?”

LORD ALASUS: “Che esagerato, vedilo come un piccolo aiuto che ti do’ e un giorno mi ripagherai senza impegno. Ora prova a scrivere tutto ciò che hai dentro, ogni tua singola emozione e non badare all’ordine delle parole. Scrivi a istinto”.

Carlo fa come dice e scrive tutta la notte fino ad addormentarsi sulla scrivania, perdendosi nel mondo dei sogni, anche se in quelle circostanze non si possono definire tali.

11 gennaio 2020 ore 14:00

Suona il telefono che sveglia il giovane scrittore emergente e vede il numero dell’ufficio dove lavora.

CARLO: “Pronto.”

Ancora con gli occhi mezzi assonnati.

UFFICIO: “La prossima volta che non viene senza avvisare è licenziato!”

CARLO: “Sa cosa le dico, in quell’ufficio non ci metto più piede!”

E riattacca il telefono consapevole che quel giorno, è un nuovo inizio. LORD ALASUS: “E che sono sti’ modi rilassati che stai per diventare famoso!”

Dice con convinzione.

CARLO: “Ma devo ancora correggerlo e inviarlo”

LORD ALASUS: “Già fatto, mio talentuoso scrittore, ho pensato a tutto io, devi solo inviarlo alla casa editrice e ti prometto che avrai successo!”

In tono molto soddisfatto, mentre si aggiusta il mantello.

Carlo controlla il manoscritto e nota la perfezione assoluta e ancora incredulo invia il manoscritto alla casa editrice.

11 gennaio 2020 ore 17:00

Alessia preoccupata per Carlo e quel suo folle desiderio, passa per quel negozio.

Entra tutta nervosa con sguardo da leonessa con quegli stivali che si sentono dall'inizio del corridoio che conduce alla cassa, quando arriva a quest'ultima chiede: "Per caso ha veduto quella penna a quel ragazzo?"

Mentre sbatte quelle mani apparentemente delicate, sul bancone.

ANZIANO: "Si è venuto ieri, io l'ho avvisato che era pericolosa ma non mi ha ascoltato."

ALESSIA: "Senta io so bene come funziona con gli oggetti maledetti, tutti se li vogliono togliere per evitare problemi!"

ANZIANO: "Comunque sia io l'ho avvisato che era pericoloso."

Esce ancora più arrabbiata per dirigersi verso la casa di Carlo, e suona al citofono ma nessuno risponde.

Così esce più in strada per vedere se ci sta in casa e nota la sagoma di un uomo misterioso nella finestra, ancora più preoccupata, nel tentativo di avvicinarsi al citofono vede una scritta vicino al portone: "ORA È MIO!"

Chiama la polizia mentre balbetta dalla paura, ma la polizia la scambia per pazza.

Sapendo che non può contare su nessuno va via verso Piazza Monteoliveto a pensare ad una soluzione, mentre il gelo la accompagna per tutto il tragitto insieme alla collera e al dolore.

Arrivata alla fontana sola e abbandonata in acqua trova un foglio galleggiare con scritto: "ARRENDITI COMUNE

MORTALE" firmato LORD ALASUS.

Poi il foglio sprofonda e la stessa scritta sparisce mentre una risata diabolica viene udita dalla trentenne.

Non accettando la sconfitta torna sotto al palazzo ma bussa invano nuovamente, così prova a chiamarlo ma non risponde, passano i giorni a seguire nel tentativo di contattarlo in qualche modo, ma come al solito senza risultati.

Carlo ignaro che Alessia sta provando a contattarlo, le telefona ma il telefono squilla a vuoto e deduce che di lui non gli importa, così lancia il cellulare sul letto, deluso da quel comportamento.

18 gennaio 2020 ore 12:00

Gli arriva l'e-mail di risposta da parte della casa editrice con scritto: "Buongiorno signor Carlo Esposito, ci teniamo a congratularci con lei in merito al manoscritto che ci ha inviato, a breve la contatterà una nostra collaboratrice per un appuntamento, attraverso il quale vorremmo proporle di persona la nostra proposta che la lascerà a bocca aperta, tanti saluti da..."

Carlo entusiasta si emoziona fino a piangere e dice: "Grazie Lord Alasus!"

Poi lo abbraccia con tutta la gioia del mondo.

LORD ALASUS: "Tranquillo ci sarà tempo per ringraziarmi".

Verso le 14: 00 Squilla il telefono:

CARLO: "Pronto"

Ancora tutto entusiasta.

COLLABORATRICE: "Salve, sono Lucia e la contatto dalla… in merito all' incontro per la nostra proposta. Lei quando è disponibile?"

CARLO: "Pure domani mattina!"

LUCIA: "Perfetto allora ci vediamo domani mattina verso le nove fuori al bar in piazza Carlo Terzo". CARLO: "Va bene grazie mille, le auguro un buon proseguimento di giornata".

LUCIA: "Grazie, pure a voi. A domani".

Intanto il suo tutor sovrannaturale seduto sul letto, orgoglioso dell'ottimo lavoro svolto dice: "Te lo dissi, io, quella notte che avevi fatto una scelta saggia".

CARLO: "Ciò non cambia che sei inquietante".

19 gennaio 2020 ore 8:00

LORD ALASUS: "Buongiorno mio caro, oggi è il grande giorno che cambierà la tua vita!"

Dice avvicinando il viso al suo nel tentativo di svegliarlo. CARLO: "Buongiorno, che ore sono? È tardi? Devo sbrigarmi!"

Tutto agitato e contento allo stesso tempo.

Lord Alasus gli mette le mani sulle spalle calmandolo: "È presto, stai calmo. Secondo te ti faccio fare tardi dopo tutto quello che ho fatto finora?"

CARLO: "Certo che no!"

LORD ALASUS: "Bene ora preparati che se no facciamo davvero tardi."

Poi gli apre l'armadio nel quale Carlo trova abiti nuovi, adatti al suo stile dark e rimane impalato dallo stupore.

LORD ALASUS: "Allora, che aspetti?"

CARLO: "Sì, scusa, hai ragione".

Poi si veste di fretta.

LORD ALASUS: "Con questo cappotto in pelle nero, questo pantalone nero e questa maglietta con i teschi stampati in petto, sei perfetto!"

CARLO: "Però andiamo in scooter. Facciamo prima"

Poi scendono in garage per prendere lo scooter.

Prima di partire al giovane scrittore viene un dubbio: "Aspetta, ma così non corri il rischio di farti scoprire?"

LORD ALASUS: “Tranquillo ho pure la capacità di essere visibile solo a te.”

CARLO: “Fantastico! Ora passo pure per pazzo!”

Poi mette in moto e va a manetta nonostante il traffico.

LORD ALASUS: “Non credi che dovresti rallentare? Tanto è vicina Piazza Carlo Terzo.”

CARLO: “Paura?”

LORD ALASUS: “No, però non vorrei che ti accadesse qualcosa di brutto prima che diventi famoso.”

CARLO: “Ti preferisco versione inquietante.” Dice scherzando. “Comunque siamo arrivati, sarà meglio che la chiamo!”

Poi una donna mora sulla cinquantina, si avvicina a lui: “Tu devi essere Carlo, piacere Lucia. Ti ho riconosciuto dal look oscuro come il racconto che hai inviato, il quale sembra uscito dall’inferno stesso.”

CARLO: “Sì, sono io. Accomodiamoci, ne parliamo con calma”

LUCIA: “Tu non hai idea della proposta che ti abbiamo portato, rara come il tuo racconto.”

CARLO: “Ovvero?”

LUCIA: “Come tu già saprai è molto difficile che una casa editrice ti finanzi il libro, e ci mette il culo! Devi sapere che ti finanziamo tutto noi e ci darai il 40% del guadagno. Inoltre organizzeremo pure la presentazione a nostre spese, tu devi solo mettere una firma. Quasi dimenticavo. Ovviamente avrai i diritti d’autore e la presentazione, se accetta ora, ci sarà tra dieci giorni.”

Carlo trattiene la gioia e firma il contratto, poi dice: “Grazie infinite.”

Tornato a casa, Carlo ancora pieno di gioia dice a Lord Alasus: “Ti rendi conto? Ha detto che il manoscritto pare uscito dall'inferno stesso e che tra dieci giorni ci sarà la presentazione."

LORD ALASUS: "Be'... Modestamente sono un tutor da paura."

Dice ironicamente.

Alessia dopo tanti tentativi di contattare Carlo, camminando, nota una propaganda pubblicitaria della presentazione del suo libro e capisce che è l'unica possibilità per poterlo aiutare.

E non può permettersi di sbagliare, così più determinata che mai aspetta quel tanto atteso giorno.

30 gennaio 2020 ore 18:00

Alessia si affretta per stare in prima fila, ma la galleria di Via Brogia è strapiena di gente ammassata come sardine, attraverso la quale le è impossibile passare.

Così è costretta ad ascoltare da lontano il discorso dell'amico, sapendo che manco nella presentazione è possibile vederlo. Decide di avviarsi verso il palazzo dove abita e attenderlo, pensando tra sé e sé: "Prima o poi deve tornare a casa!"

31 gennaio 2020 ore 4:00

Dopo che si è fumata due pacchetti di sigarette nell'attesa snervante, ad un tratto vede Carlo scendere da un taxi mentre saluta due escort, arriva al portone in condizioni da far schifo e Alessia gli dice: "Bravo complimenti, mi congratulo per le cinquecento copie vendute alla presentazione. Ma per il resto sei diventato come quegli scrittori famosi che spendono tutto a puttane, alcol e droga. Tu non sei così, non sei come loro!" In tono incazzato.

Carlo replica balbettando e camminando come uno zombie dall'ubriachezza dice: "Come ti permetti di farmi la ramanzina, tu che sei sparita. Ho provato a contattarti ma non rispondevi!"

ALESSIA: "Non capisci che ha fatto tutto lui? Ha fatto in

modo da allontanarci e comunque ho provato pure io a cercarti ma quell'essere immondo si è preso gioco di me e di te. Stai pagando ora il prezzo di quella scatola maledetta e credimi non finirà qui. Ti sta allontanando dalle persone care e da tutto ciò che ti rende umano".

CARLO: "Comunque sia ora è troppo tardi, ora salgo che ho bisogno di riposare."

In tono freddo e diffidente.

ALESSIA: "Ti sembra la risposta da darmi? Non vedi che si sta nutrendo delle tue emozioni fino a spegnerle? Andiamo, ti accompagno su."

Poi gli dà una mano a salire le scale, e il giovane scrittore non avendo scelta si lascia aiutare.

Entrano in casa, la quale non si può definire tale con tutto quel caos di fogli sparsi, bottiglie di alcool e pastiglie di valium.

Si fanno spazio fino al bagno e Carlo ad un tratto comincia a vomitare fogli appallottolati sporchi di sangue e inchiostro mentre Alessia lo tiene per i suoi capelli neri lunghi per non fargli sbattere la testa sul water. I capelli biondi di Alessia si macchiano di sangue come il viso di Carlo.

In collera e arrabbiata dal male che quel demone stava facendo al giovane scrittore, si mette a gridare: "ALASUS, ESCI FUORI, MOSTRO CHE NON SEI ALTRO!"

Poi dalla penombra si intravede avvicinarsi una sagoma di un uomo che, con un mix tra eleganza e presunzione, le risponde: "Lord Alasus grazie, e poi darmi del mostro mi sembra troppo esagerato." Alessia dopo aver steso Carlo a terra si scaraventa sul demone con un ceffone, purtroppo inutile dato che non sente nulla.

LORD ALASUS: "Come osi comune mortale, rivolgerti a me con tanta arroganza! Mi sto prendendo ciò che mi spetta di diritto!

Tutto ha un prezzo, sciocca mortale! Vivo sulla Terra da secoli e credimi, ai tempi di oggi senza di me questo ragazzo non va da nessuna parte. Il tempo dei talenti è finito, ora non conta se hai talento o meno."

In tono aggressivo.

ALESSIA: "Guardalo come è ridotto! Sei un essere spregevole!"

Mentre gli occhi versano lacrime di dispiacere.

Lord Alasus allunga la mano e con un solo gesto della mano le fa perdere i sensi.

Mezz'ora dopo si sveglia e trova Carlo vicino alla scrivania a scrivere, lei lo chiama ma lui si gira di scatto e non la riconosce a tal punto che la minaccia di chiamare la polizia.

ALESSIA: "Ti ha cancellato la memoria. Sono io, Alessia."

In preda alla disperazione.

CARLO: "Non ti conosco! Che ci fai in casa mia?! Non fartelo ripetere due volte!"

Alessia esce a cercare chi può aiutarla e mentre attraversa la strada un bus la investe.

LORD ALASUS DETTA DEGLI SPUNTI ALLO SCRITTORE: "E Alessia fu trovata con la testa schiacciata dal bus e il sangue schizzò insieme ai pezzi di cervello."

I cinque anni a seguire furono ricchi di soddisfazioni!

Tour di presentazioni in vari paesi, fan che si facevano ore di fila solo per una sua dedica e una foto.

Con i suoi racconti fecero dei film, questi ultimi che gli portarono premi Oscar.

Ebbe così tanta fama e popolarità che solo a pronunciare il suo nome si fermavano gli orologi, come se pure il tempo stesso si stoppasse per sentire parlare di lui!

Ma tutto questo non colmava quel vuoto, causato dalle

conseguenze di quel maledetto patto.

Così una notte impugnò una pistola, fredda come la sua anima, oramai priva di emozioni, del tutto anestetizzate e poi... BOOM!

Uscì sui giornali: "Famoso scrittore morto a 25 anni, si presume suicidio d'arma da fuoco. Trovato in casa sua in un lago di sangue dovuto ad un colpo alla tempia. Causa: depressione cronica."

OGNI SCRITTORE HA IL SUO LORD ALASUS ED IL PREZZO DA PAGARE!!!

After pandemic[4]

Prologo

Tutto cominciò nel 2020, una cosa che nessuno mai si sarebbe immaginato.

Una forte malattia inizia a circolare, apparentemente innocua e nascosta dietro una semplice influenza.

I casi aumentano gradualmente, e gli ospedali sono stracolmi, a tal punto che dichiarano pandemia globale.

Gente nelle auto nei parcheggi degli ospedali con le bombole dell'ossigeno (dato che questo maledetto virus becca le vie respiratorie).

Panico e paura si diffondono più rapidamente dello stesso virus.

Ma i problemi non si limitano solo alla sanità, infatti iniziano le restrizioni e l'obbligo di portare la mascherina.

In seguito si chiudono tutte le attività (ciò seguito dai licenziamenti e dal crollo economico).

Lo stato dichiara un lockdown, che durerà tre mesi!

L'unica cosa positiva è che i mari diventano limpidi e gli animali si riappropriano dei propri spazi, l'aria diventa più pulita e quella nube di smog sparisce.

Passato questo periodo si decide di riaprire con restrizioni ridotte, ma questa è la scintilla che innesca il peggio della società.

Infatti nacquero vari gruppi di persone con pensieri diversi:

---

[4] Trama: Il 2021 metterà a dura prova il mondo, con una piaga che nessuno si sarebbe mai aspettato! Piaga che tirerà fuori il peggio delle persone: egoismo, menefreghismo, stupidità e tanto altro. Queste che faranno da contorno, facendo in modo che ci sia una fine cruenta e lenta!

I negazionisti, coloro che non credono a nulla e negano l'esistenza della pandemia;

I complottisti, convinti che è tutto un complotto organizzato dai potenti, per schiavizzare la razza umana.

E tanti altri ancora...

Per fortuna tutto ha una fine e cominciano a distribuire i vaccini per la fine dell'anno, e il 2021 ha un filo di speranza.

O almeno così sembra...

11 gennaio 2021 ore 9:00

Pare che quell'incubo sia finito!

E tutto è tornato alla normalità, anche se ad alcuni è rimasta la paura incisa nell'inconscio.

Nel nord - Italia, esattamente in Lombardia, tutto comincia a girare in totale spensieratezza.

Quest'ultima che ora è racchiusa nell'animo di Emanuele, un ragazzo diciottenne che nonostante abbia perso il lavoro l'anno precedente, tutt'ora prende un sussidio in attesa che la fabbrica dove lavorava riapra.

Così passa le sue giornate con il suo animaletto da compagnia, fuori dal comune. Lilith, un ratto nero e grosso che nonostante sia apparentemente brutto, in realtà è molto docile e coccoloso.

E mentre è seduto sul divano a mangiare patatine, insieme a Lilith, prende coraggio ed accende la tv per ascoltare il tg, che oramai ha smesso di bombardare con cattive notizie.

Intanto la nell'appartamento di fianco al suo, Lisa, una barista ventisettenne bionda, strafiga, che sta impegnata in un appuntamento in totale intimità con la tizia di turno.

Una vera predatrice sessuale, non ne risparmia una!

Lisa prepara la sua arma, uno strap-on lungo e largo.

La prende da dietro con delicatezza, sfiorandole le mani e

baciandole il collo.

Come due bisce che si perdono nella danza dell'accoppiamento, poi prende della vasellina la versa sul pene di plastica e quando l'atmosfera è abbastanza calda e la prende da dietro.

Parte con il colpo di grazia, e cominciano grida di piacere!

Infine quando il rito è consumato, come animali a sangue freddo ognuna per la sua strada.

La sera stessa mentre Emanuele si sta gustando la cena, il telegiornale mostra scene inverosimili.

Atti che fanno capire che l'uomo ha toccato il fondo. Scene di cannibalismo per le strade, denti pieni di budella che colano liquidi intestinali.

Grida di dolore a tal punto che l'inferno in confronto è un vero paradiso.

Ed è subito allarme zombie!

Il capo dello stato impone l'ordinanza di rimanere chiusi in casa e di barricare porte e finestre fino a nuovo ordine.

Il disgusto è così forte che lo stomaco del giovane non regge e corre in bagno a vomitare la cena.

Si affretta a blindare le finestre con quello che ha in casa, per fortuna che ha la porta di ferro a prova di ladri.

Pensa tra sé e sé: "Ci risiamo, porco cane!"

17 gennaio 2021 ore 16:00

È passata quasi una settimana, tra soldati che portano cibo nelle abitazioni e spari di tanto in tanto, verso quelli che prima erano umani.

L'unica cosa che tranquillizza il giovane, è il fatto che la sua vicina è ancora umana.

Sembra assurdo ma in certe circostanze pure i vicini diventano amici!

Specialmente per lui che di solito è solitario e prova diffidenza nei confronti della maggior parte delle persone.

Comportamento provocato da un abuso sessuale subito quando aveva solo 16 anni, e non si trattava di una donna.

Ciò l'ha portato a stare lontano dai suoi simili e legarsi di più agli animali.

Oramai non gli fa schifo più nulla!

La depressione prende il sopravvento, è una situazione difficile dove sei consapevole che se ti beccano, si mangiano il cervello.

I pensieri oscuri invadono la mente e osserva quelle camionette giù al palazzo, sperando che tutto passi quanto prima.

È solo una bugia alla quale si aggrappa per confortarsi, ma sa che non finirà bene questa volta.

Ad un tratto al piano superiore si sentono grida di terrore, le mutazioni stanno avvenendo pure nel palazzo!

Poi trema tutto, sono quei mostri che corrono per il condominio, afferra Lilith e si rannicchia dietro al divano.

Comincia a pregare, perché quando sei alle strette, pur di salvarti ti affidi pure a ciò in cui non credi.

Il ratto comincia ad agitarsi nelle mani, graffia e morde, soffre in silenzio mentre cerca di tranquillizzarla.

È consapevole che non lo fa per aggressività, ma vuole solo fuggire per istinto animale.

Passati quei minuti, che sotto quello stress sembrano molti di più, esce allo scoperto lentamente.

Si affaccia alle fessure, delle finestre barricate per vedere com'è la situazione giù, e in quel preciso momento capisce che deve sopravvivere da solo!

Aspetta ancora qualche minuto e guarda dallo spioncino della porta per vedere se è tutto ok. La apre e sempre con prudenza e guardandosi intorno, bussa alla porta di Lisa.

La porta si spalanca ed entra di soppiatto senza fare troppo rumore, ecco che un qualcosa lo colpisce alla testa, e sviene!

Dopo un po' si sveglia legato e quando mette a fuoco tutto ciò che ha intorno, trova Lisa di fronte con una mazza da baseball e gli chiede: "Ti hanno morso?"

EMANUELE: "Certo che no, ma che ti prende! Io vengo per vedere come stai e mi ringrazi così?"

LISA: "Volevo essere sicura se potevo fidarmi! Ho visto entrare una sagoma grossolana, capelli rasati e mani graffiate. Credo sia pure normale che mi viene qualche dubbio".

EMANUELE ANCORA CON IL MAL DI TESTA: "Grazie per il complimento sulla mia bellezza. Ora slegami che dobbiamo trovare un modo per uscire di qui!"

Mentre lo slega dice in tono ironico: "Confessa in un'altra occasione, ti sarebbe piaciuto."

EMANUELE: "Di certo non in questa che potrebbero entrare in un momento all'altro, perciò sbrigati che non voglio diventare il loro pasto!"

Una volta libero dice: "Ho dato un'occhiata giù e credo che dobbiamo sbrigarci prima che peggiori la situazione. Consiglio di cominciare a preparare gli zaini con il minimo indispensabile, acqua, cibo e qualche arnese per difenderci. Poi capire come raggiungere la camionetta dei militari, è l'unico mezzo sicuro disponibile e il più vicino."

LISA: "Non male come piano, dobbiamo solo stare attenti a quel gruppetto di esseri immondi che sono nei paraggi."

EMANUELE: "Ora cominciamo a ragionare. Una volta pronti potremmo fare una corsa al veicolo e scappare!"

LISA: "Troppo rischioso, dobbiamo liberarci di loro e so già come."

EMANUELE: "Tipo?"

LISA: "Fidati di me. Lascia fare e vedrai."

EMANUELE: "Non esiste, vado io!"

LISA: "Con quel fisico che ti ritrovi? Non sei abbastanza rapido."

EMANUELE: "Mi stai dando del ciccione? Bene continua ad offendere!"

LISA: "Non fraintendere, sono realista. Io sono molto più veloce di te."

EMANUELE: "Mi sa che hai ragione, ma per favore non farti prendere."

Lisa esce dall' appartamento con l'agilità di un felino, comincia a scendere le scale.

Ogni passo e un attimo di tensione, che avvolge quelle gambe che cercano di essere più silenziose possibili.

Eccola vicino alla camionetta, per fortuna ha la portiera aperta e le chiavi inserite, intanto butta un occhio sul gruppetto di zombie attraverso lo specchio retrovisore.

Sa che non può permettersi di sbagliare, un minimo errore le potrebbe costare la vita.

Così cerca di far combaciare la chiusura della portiera con l'accensione.

È il momento!

Chiude la porta, gira la chiave nel contatto ma non parte il motore, intanto quegli esseri corrono verso il veicolo come animali in branco che si fiondano sulla preda!

Le sono addosso e scuotono quella scatola a quattro ruote, ora paragonabile ad una trappola mortale.

Dopo vari tentativi accompagnati da imprecazioni, finalmente si mette in moto.

Da gas e comincia un rodeo contro quelle schifose creature, così cadono dal veicolo e cominciano ad inseguirla.

Lei inchioda e inserisce la retromarcia, li investe come fossero birilli.

Si sentono le ossa che si frantumano e i cervelli che si spappolano sotto le ruote, per sicurezza gli passa addosso fino a quando quei dannati smettono di fare versi disumani.

Torna vicino al palazzo e quando sta per scendere, nota dei mitra sotto i sedili, ne prende uno per sicurezza.

Arriva alla porta dell'appartamento e quando il ragazzo apre la porta, non trattiene l'entusiasmo e la abbraccia dicendo: "Sei grande!"

LISA: "Sarò anche matta! Ma quando faccio una promessa la mantengo. A proposito guarda cosa ho trovato."

Gli mostra l'arma.

Il giovane infila Lilith nella tasca della felpa e chiude la zip, poi insieme prendono le borse e scappano.

21 gennaio 2021 ore 6:00

È l'alba e i capelli biondi di Lisa riflettono i primi raggi del sole, quegli occhi azzurri che a causa della stanchezza sembrano aver perso la loro trasparenza.

Emanuele al lato passeggero riposa, ma a breve è il suo turno di guida.

Stanno facendo questo da tre giorni e meritano una bella sosta, così per loro fortuna ecco un'area di servizio.

Lisa apre la portiera, dopo essere scesa e aver dato un'occhiata, fa uno sbadiglio e dice al ragazzo: "Guarda ci sono pure i bagni con le docce."

EMANUELE: "Perfetto, tu vai a rinfrescarti ed io intanto penso a fare carburante e assestare il veicolo."

Mentre fa il pieno, vede che c'è pure un angolo lavaggio.

Ne approfitta per pulire la camionetta da tutto quello schifo, che ora pare emanare una puzza nauseante, poi dà un'occhiata ad olio e gomme ed attende la sua compagna di viaggio.

Eccola tutta fresca e profumata, si avvicina ad Emanuele e dice: "Credo che pure tu avresti bisogno di una bella doccia calda."

EMANUELE: "Ottima intuizione." Poi prende Lilith e vanno a lavarsi.

LISA: "Mi raccomando, lavati bene pure la topa." Dice ironicamente.

Quell'acqua calda pare portare via ogni forma di tensione e stress, specialmente a loro che durante il viaggio hanno incontrato solo devastazione, accompagnata da angoscia e rassegnazione.

Insomma hanno visto il peggio del peggio e vivono con l'ansia, guardandosi le spalle!

Finisce di lavarsi e si riveste, esce dai bagni ed entra nel minimarket, a fare provviste di cibo.

Tutto gratis, dato che non c'è più nessuno, in questi periodi è meglio prendere cibo quando se ne trova.

Pronto a ripartire, quando all'improvviso entra un'auto nell'area di servizio.

Emanuele non sa se preoccuparsi o meno, dato che durante un'apocalisse non esistono regole e per sopravvivere devi stare attento pure ad un umano in arrivo.

Sveglia Lisa, ormai addormentata che irritata dice: "Avrò pur diritto pure io a riposare."

EMANUELE: "Sì certo che ne hai! Ma c'è un'auto dietro di noi, con un tizio dentro che ci fissa."

LISA: "E quindi?"

EMANUELE: "E se fosse un tizio che ruba cervelli o una cosa simile. Un po' come nei film."

LISA: "Tu vedi troppi film apocalittici, forse pure lui ha paura di avvicinarsi e sta pensando la stessa cosa."

EMANUELE: "Che facciamo?"

LISA: "Aspettiamo per vedere che succede, oppure vai da lui perché io sono troppo stanca." Detto quello, torna a riposare.

Un attimo dopo, la portiera dell'auto si aprì e scese un tizio di colore sui trentacinque anni, con i dreads, alto e fisico palestrato.

Il ragazzo comincia a sudare freddo quando scopre che impugna una sciabola, sporca di viscere di zombie.

Si avvicina sempre più ed Emanuele scende anch'esso dal veicolo, puntandogli l'arma da fuoco!

Una tensione pari a quella del far west, e dice: "Cosa vuoi da noi?"

IL TIZIO: "Vengo in pace, mi chiamo Akil, e la mia auto non reggerà a lungo, è molto vecchia. Mi sono avvicinato armato, dato che non sapevo se eravate infetti o meno."

EMANUELE: "Chi ce lo dice che non hai brutte intenzioni?"

AKIL: "Perché siamo dalla stessa parte, siamo ancora sani! E poi se volete posso pure lasciare l'arma a voi, se vi sentite più tranquilli." Dice mentre poggia la sciabola a terra.

LISA: "Che aspetti a farlo salire? Più ne siamo e meglio è!"

Il ragazzo gli fa cenno di salire, e una volta in viaggio si presentano.

AKIL: "Grazie davvero, se non era per voi rischiavo di rimanere bloccato."

EMANUELE: "Figurati." Risponde mentre lo guarda dallo specchio retrovisore, ancora malfidato.

Fanno altre otto ore di viaggio, ed intravedono da lontano quel che sembra un corteo contro le adozioni gay, nel bel mezzo di un centro di una città desolata.

Solo che ora non sono più dei manifestanti, sono stati infetti.

AKIL: "Oh cazzo!" Dice mentre spalanca gli occhi.

LISA: "Che succede?" Mentre stiracchia le braccia, appena svegliata.

EMANUELE: "Alzati e guarda con i tuoi occhi."

LISA: "E se li investiamo come abbiamo sempre fatto?"

Chiede lei una volta visto il problema.

EMANUELE: "Sono troppi, non c'è la faremo mai!"

AKIL: "Se riusciamo a salire su qualche tetto, potremmo sparare dall'alto."

EMANUELE: "Le munizioni non basterebbero, sarebbe solo uno spreco inutile."

LISA: "Però non abbiamo ancora visto cosa abbiamo nel cofano posteriore. Magari troviamo qualcosa di utile."

Come si suol dire, la fortuna aiuta gli audaci.

Infatti dentro al cofano posteriore trovano due valigette con all'interno di ciascuna dieci granate.

Gli occhi gli brillano e fanno un sorriso tra malizia e gioia.

Hanno un solo obiettivo: Ucciderli tutti!

Poi cercano un punto per salire sul tetto più alto, e soprattutto senza farsi notare.

Sono sul tetto ed Emanuele dice: "Io lancio al centro della folla e voi ai lati, in modo da far fuori quelli che cercano di scappare."

I due compagni di viaggio fanno un cenno di conferma e si mettono in posizione, con il lancio della prima granata che da inizio alla carneficina.

Le esplosioni coprono le grida di disperazione dei malcapitati.

Una nube di fumo e polveri, accompagnate da resti di zombie che schizzano in ogni dove.

Smettono di lanciare granate, e quei versi terrificanti non si odono più!

Attendono che la nube si dissolva, per poi scendere a controllare e quei pochi superstiti incapaci di camminare, vengono decapitati da Akil con la sciabola.

Quest'ultima, che essendo affilatissima, fa tagli netti e decisi.

Si può sentire persino quel secondo, dove il rumore del metallo taglia l'osso del collo.

Terminata la carneficina, si vede da lontano una sagoma esile avvicinarsi che grida: "Grazie a Dio! Ha ascoltato le mie preghiere, sono rimasto giorni nascosto in chiesa a pregare. Con la speranza che arrivasse qualcuno a salvarmi, ed eccovi qua."

Dalla tunica e dalla voce notano che si tratta di un anziano prete.

Una volta vicino dice: "Ditemi che state andando verso il rifugio."

EMANUELE: "Quale rifugio?"

PRETE: "Quello dove avrebbe dovuto portarci l'esercito, ma hanno fallito pure loro! Erano troppi, quelli che avete combattuto erano la metà della metà, rispetto al numero di quei demoni che c'erano prima. Pensate che correvano pure negli edifici, ad infettare tutti, un vero caos.

Persino i bambini i soldati sono stati costretti ad uccidere!"

AKIL: "Mi dispiace, è sempre brutto quando si uccidono anime innocenti, pure in casi come questi. Comunque sai dove si trova questo rifugio?"

PRETE: "Sì! È a un giorno da qui, posso chiedervi di portarmi con voi?"

EMANUELE: "Certo che possiamo, ci mancherebbe pure che ti lasciamo qui."

22 gennaio 2021 ore 15:00

Solo campi di terra abbandonati come i mezzi agricoli, che lavorano da soli come se il proprietario fosse stato trascinato giù, inaspettatamente!

A questo punto non sanno se è peggio il fatto che ci sia desolazione o il fatto che orde zombie, possono caricarli all'improvviso, dato che è tutto raso al suolo.

Perché alcune volte il nulla fa più paura di qualsiasi altra cosa!

I dubbi che gli frullano nella mente, che fanno andare in paranoia, a tal punto che si guardano in ogni direzione per individuare eventuali pericoli.

Un'agonia psicologica, che termina nel momento in cui Lisa comincia a vedere delle mura alte circa sei metri ed un cancello enorme.

Irradia gioia e grida contenta. "Ragazzi, ci siamo! Guardate, ecco il rifugio!" Dice mentre le brillano gli occhi.

Arrivati dinanzi all'ingresso, fatto di cancelli di acciaio con delle piccole finestre di vetro blindato, suonano il clacson, fino a quando non si avvicina un tizio sulla cinquantina con una corporatura enorme, vestito con abiti eleganti. "Prima di entrare spogliatevi, per dimostrare che non vi hanno morso."

EMANUELE: "Se ci avessero morso non saremmo arrivati fin qui!" Akil: "Non puoi lasciarci qui dopo tutto quello che abbiamo passato, facci entrare per favore."

Il tizio elegante fa cenno di negazione con la testa e continua a fissarli.

Lisa mostra la granata attraverso il vetro e con tono tra incazzato ed irritato dice: "Senti palla di lardo, abbiamo cercato di fartelo capire con le buone maniere, ma ora passiamo a quelle cattive, se non apri queste maledette porte ci sarà una pioggia molto esplosiva!"

Con un ghigno rabbioso ma rassegnato apre le porte, mentre guarda con gli occhi minacciosi Lisa.

Questa che appena varcato quel confine dice: "Visto, con le buone maniere si ottiene tutto!" In tono ironico.

Sguardi fulminanti che si interrompono quando dalla botola, spunta una ragazza inquietante con i capelli corti e neri, occhi scuri che dice: "Giovanni perché tratti così gli unici che sono riusciti ad arrivare qui?"

Poi va vicino ai quattro e dice: "Io sono Angela, venite con me vi mostro la struttura."

Mentre si allontanano dalla cattiva accoglienza dice: "Non fateci caso, è uno stronzo per natura, pensate che prima della catastrofe era ministro."

Quello in cui sono entrati è il rifugio per eccellenza: con le mura rinforzate, che lo circondano.

Al centro si trovano i pannelli solari, dal quale traggono energia elettrica ed al fianco di questi si trova il generatore.

Nell'angolo destro, al lato dell'ingresso principale ci sono i serbatoi d'acqua. Riempiti grazie ad una pompa che trae l'acqua da un pozzo sottostante.

Sempre al lato dei cancelli, si trova una botola che conduce nel cuore del bunker, con le pareti fatte di acciaio puro e molto spesse.

Appena aperta la botola notano le scale, che conducono nel punto di ritrovo.

Alla destra di questo trovano il deposito con i viveri, così tanti che bastano per un intero plotone.

Invece sul lato sinistro la mensa, molto attrezzata.

Proseguendo sulla destra trovano il bagno con le docce e infine per concludere, in fondo ci sono le varie stanze altrettanto attrezzate!

Cala la sera e possono concedersi un po' di pace, come si deve!

Akil si offre per fare il turno di guardia, a lui che viene da un paese di guerra non gli pesa una situazione del genere.

Eccolo ben incappucciato, questa sera fa più freddo del solito, ed il fiato si gela al contatto con l'aria.

Sta girando in tondo lungo le mura con occhi attenti, è consapevole del fatto che ora l'uomo ha un predatore naturale e non è più in cima alla catena alimentare!

Intanto Emanuele sta giocando con Lilith, ultimamente l'ha trascurata.

Ad un tratto Lisa entra nella sua camera con una bottiglia di vodka, trovata nella dispensa e dice: "Ti va di bere con me? Ho preso pure il tuo liquore preferito!"

EMANUELE: "Volentieri, ci vuole proprio una bevuta. Ma mi chiedo come fai a sapere i miei gusti in fatto di alcolici?"

LISA: "Osservavo le bottiglie che gettavi nel vetro." Dice mentre riempie quei bicchieri, fatti di un materiale simil - ferro, come quelli dei soldati.

EMANUELE: "Quindi quando abitavamo nel condominio non mi vedevi solo come il tipo strano con il ratto."

LISA: "Certo che no, anche se ho un carattere di merda mi faccio i fatti miei sui gusti degli altri. E poi non ti ho mai ringraziato per aver tenuto il pensiero per me, quando eravamo nel palazzo."

Dopo un sorso riprende a parlare. "Se non fosse stato per te chissà dove sarei ora."

EMANUELE: "Non devi ringraziarmi, l'ho fatto con piacere. Mi andava di venire a controllare ecco tutto!"

Lisa gli toglie il bicchiere dalle mani, lo spinge sul letto con le braccia sul petto, e gli sussurra alle orecchie in tono sexy: "Ora ti mostro come faccio scomparire tutto!"

Lo bacia mentre comincia a sbottonare la cinta e scende lentamente giù, comincia a masturbarlo con delicatezza.

Emanuele le tiene quei capelli biondi, mentre gli fa un pompino.

Passano qualche ora perdendosi tra i piaceri della vita, e il giovane conosce un lato di Lisa che in pochi conoscono.

È quel lato dolce, che lei tiene riservato solo per le persone a cui tiene davvero!

23 gennaio 2021 ore 7:00

Tutti saltano dal letto a causa di alcuni spari d'arma da fuoco, a tal punto che quasi gli salta il cuore dal petto!

Corrono verso l'uscita, Angela è la prima a salire ed apre la botola, una volta all'esterno grida: "Ma che diavolo succede?"

A seguire escono gli altri e vedono Giovanni di fronte al corpo giacente di Akil, tramutato in zombie.

GIOVANNI: "Io avevo detto di controllare se eravate infetti, ma nessuno mi ascolta!"

PRETE: "Oh mio Dio." Dice mentre stringe il rosario tra le mani.

EMANUELE: "Non so come sia successo, ma di sicuro prima di entrare qui non aveva sintomi."

GIOVANNI: "Stai parlando con un ex ministro della salute, non venirmi a fare la lezione."

EMANUELE: "Sarai pure stato ministro, ma noi abbiamo visto questo maledetto virus agire!

Prima comincia il dolore lancinante al punto dove ti mordono, è segno che il batterio sta agendo.

Poi la temperatura corporea comincia a salire perché l'organismo va in tilt e qui si comincia a vomitare sangue dato che cerca di espellere la minaccia.

Ma nel farlo escono pure gli anticorpi, il cuore comincia a rallentare i battiti così tanto da essere apparentemente morti.

E per concludere ci si risveglia, affamati di carne umana!"

Prende fiato e continua: "E non ha preferenze di età."

GIOVANNI: "Si vede che non sei informato che pure i batteri

si evolvono."

Lisa li interrompe: "Ora non importa quale sia la causa di questo avvenimento, cerchiamo di calmarci e ragionare."

PRETE: "La verità è che il Signore ci sta punendo!"

Poi indica con il dito Lisa ed Emanuele, e dice: "Vi ho sentito ieri, avete commesso il peccato carnale."

Passa ad Angela e dice: "E tu con quelle carte ad invocare il diavolo, con quei rituali maligni".

EMANUELE: "Non incominciare con le tue assurde profezie religiose. Voi non è che siete santi, vogliamo parlare del fatto, che quelli come te coprono gli stupri e gli abusi?

Questi ultimi che rovinano la vita di molte persone, e avete pure il coraggio di giustificare tutto ciò!"

Poi i tre accusati tornano all'interno, Angela si ferma un attimo e dice: "Prete, non osare mai più dire cose del genere sul mio culto. Non sai cosa sono capace di fare!"

In tono minaccioso.

26 gennaio 2021 ore 6:30

Tre giorni dopo trovano il prete nudo e crocifisso con corde sui pannelli solari, la gola tagliata che cola ancora e inciso nelle carni, il pentagramma!

Sospetti che conducono ad Angela dato che l'ha minacciato ed è un omicidio in stile ritualistico.

Ma codesta dichiara ripetutamente di essere innocente, ma

Giovanni non le crede e dice: "Le prove sono tutte contro di te!"

ANGELA: "Giuro che non c'entro, qualcuno vuole incastrarmi." Dice mentre guarda Emanuele e Lisa.

LISA: "Cosa vorresti insinuare, psicopatica che non sei altro."
EMANUELE: "Ed io che volevo pure prendere le tue parti, ma

ora che ci accusi ci ho ripensato."

Giovanni interrompe la lite in tono deciso: "Ora basta, Angela farà il turno di guardia questa sera e noi ci barricheremo all'interno."

ANGELA: "Che bastardo!" Poi impreca mentre dà un calcio al muro.

I due nuovi del rifugio si allontanano per parlare in disparte.

LISA: "Senti io di questi due non mi fido." Dice mentre li guarda senza farsi notare.

EMANUELE: "Manco io, considerando che uno dei due è il colpevole e non sappiamo se è colui che sta di sotto con noi, o la tizia che stanotte starà fuori."

LISA: "Credimi fanno più paura loro che un'orda di quegli zombie."

EMANUELE: "Hai detto bene! Facciamo così, questa notte ci guardiamo le spalle a vicenda, sinceramente non voglio morire così dopo tutto quello che abbiamo passato per venire fin qui! Poi pensiamo qualcosa per uscirne vivi."

LISA: "Ottima idea."

Poi si abbracciano.

27 gennaio 2021 ore 4:00

I due non riescono a dormire, non si sentono abbastanza tranquilli!

Così verso le quattro del mattino Lisa esce fuori, non resiste al fatto di controllare se è tutto regolare o meno.

Ma non trova più Angela, riscende giù e non trova neanche Giovanni, qualcosa non va e corre ad avvisare Emanuele.

Prendono Lilith e si recano ai cancelli principali, questi ultimi bloccati.

Quelli come loro non si arrendono, così prendono un piede di porco e fanno leva sui cancelli!

All'improvviso vedono un'ombra enorme dietro di loro, è Giovanni che con malvagità dice: "Dove credete di andare, a breve raggiungerete gli altri." Poi fa una risata crudele.

LISA: "Avrei dovuto ucciderti appena ti ho visto!"

EMANUELE: "Abbiamo sempre avuto dubbi su di te, solo che sei stato bravo a creare confusione.

Ed a prenderti gioco di noi."

GIOVANNI: "Ora avrete pure le prove, peccato che non potrete dirlo a nessuno."

Poi le pupille diventano bianche, dalla bocca esce una bava e diventa uno zombie grande e grosso!

Quell'essere comincia ad inseguirli in cerchio attorno ai pannelli solari.

Oltre ad essere grosso è pure abbastanza veloce, mentre passano di corsa vicino alla camionetta parcheggiata, prendono i mitra e gli scaricano tutto il caricatore addosso.

I proiettili penetrano in quel grasso, facendo schizzare liquidi corporei.

Si accascia per terra, a peso morto e loro si avvicinano increduli della facilità.

EMANUELE: "Troppo facile, stento a crederci." Dice a Lisa, che intanto sta prendendo le latte di benzina per dargli fuoco.

Ecco che il nemico si rialza, mentre i buchi causati dai proiettili si richiudono, si sta rigenerando!

Lisa dice ad Emanuele: "Tienilo impegnato, ed al mio segnale conducilo qui!"

EMANUELE: "Ok, ma sbrigati." Risponde mentre evita le bracciate di quel mostro.

È il momento e Lisa dà il segnale, Emanuele lo conduce verso il punto trappola.

Lisa guarda Emanuele e dice: “Esci dal cerchio!” Mentre lancia un fiammifero e brucia la benzina.

Le fiamme emanano un fumo nero, misto al bruciare della carne e degli organi interni di quell’esperimento mal riuscito.

EMANUELE: “Come facevi a sapere che avrebbe funzionato?”

LISA: “Non lo sapevo, so solo che il fuoco funziona sempre per eliminare i cattivi nei film.”

Dice mentre si siede per terra con la schiena poggiata al muro.

Un po’ dopo fa lo stesso Emanuele, e quando è al suo fianco dice: “Ho la sensazione che sia finita davvero!”

RINGRAZIAMENTI

A Jenny, il quale doveva far parte di questo progetto, ma in un certo senso ne fa parte perché mi ha dato una mano a trovare il titolo e crede nei miei racconti!

A Sarah che ha collaborato con la revisione del testo, ma non è solo questo è la persona con la quale condivido tutto!

Indice

Finito di stampare nel mese di dicembre 2024
per conto di
G. C. L. edizioni
via Piave, 49 – Pulsano (Ta)
www.g-c-l-edizioni.business.site
g.c.l.edizioni@gmail.com